-A.W. BENEDICT-
Beanstock

L'intrigue de la pâquerette

Majordome Beanstock enquête

Traduit de l´allemand: Nanette Fleurette
nanettefleurette@gmail.com

Umschlaggestaltung: Chris Wieduwilt

Schriftdesign: Tobias Wieduwilt

Supervisor: Chris Wieduwilt

Herstellung und Verlag: BoD – Books on Demand,
Norderstedt
ISBN 9783755748205

Bibliografische Information der Deutschen Nationalbibliothek:
Die Deutsche Nationalbibliothek verzeichnet diese Publikation in der Deutschen Nationalbibliografie;
detaillierte bibliografische Daten sind im Internet abrufbar.

« La vérité est un couteau
à double tranchant »

Agatha Christie

L'essence du majordome

Le majordome d'une demeure respectable fait office de lien et il est le maillon incontournable entre la famille et le personnel de maison. D'une intégrité sans faille, il met un point d'honneur à veiller au moindre détail, il guide et supervise de mains de maître les domestiques, tout en demeurant néanmoins en toute circonstance courtois, aimable et d'une patience égale ; il assure ainsi une tenue irréprochable de la maison et peut alors pleinement satisfaire les plus hautes exigences.

Le majordome est personnellement responsable de la gestion et de l'entretien de l'argenterie, de l'approvisionnement et du maintien de la cave à vins ; deux tâches particulièrement délicates et de la plus haute importance. La conservation de vins de grande qualité, très délicats, exige une attention particulière ; le lieu de stockage doit être soigné, pour garantir le maintien d'une température stable et le contrôle de l'humidité doit être permanent, afin d'éviter toute détérioration du vin et assurer ainsi une dégustation dans les meilleures conditions, à tout moment.

En un mot, le majordome, invisible, mais toujours présent, a l'extraordinaire responsabilité de veiller en permanence à satisfaire les attentes, envies et directives de ses maîtres.

Il va de soi qu'il se doit, quelles que soient les circonstances, de porter une tenue règlementaire irréprochable, d'arborer une coiffure soignée et impeccable et d'être absolument discret et professionnel.

Mortimer J. Bensonman, le majordome de Lord of Pearpie, correspondait en tout point à cette description. Il semblait sorti tout droit d'un manuel pour employés de maison.

L'enveloppe grise et tout à fait quelconque arriva un mercredi. Ce jour-là, ce fut Rose, la bonne, qui avait réceptionné le courrier.

C'était déjà en soi un fait exceptionnel.

C'eût été, bien entendu, du ressort du majordome, de prendre, comme à l'accoutumée, la correspondance et le journal. Après avoir méticuleusement trié les lettres et repassé le Times avec un soin infini, il aurait alors remis le courrier à Sa Seigneurie au petit-déjeuner.

Mais ce mercredi-là, la journée débuta différemment et, plus tard dans la journée, le majordome se souviendrait de ce détail comme un signe de mauvais augure.

Jamais au grand jamais, il ne lui était arrivé de se réveiller en retard. Il n'avait jamais été souffrant et qu'il tombât malade était tout bonnement impensable. Cela mettrait sens dessus dessous son emploi du temps qui était réglé comme du papier à musique. Ce serait, en outre, inapproprié et un manque flagrant de professionnalisme et un tel comportement n'avait pas sa place dans la vie d'un majordome.

En principe…

Ce mercredi-là, il ne s'était pas réveillé à l'heure.

Ce n'est qu'après avoir entendu le cognement timide à la porte de sa chambre qu'il s'était réveillé en sursaut ; il s'était redressé, désarçonné, alors que son regard tombait sur la pendule sur le mur. Incrédule, il frotta ses yeux. Mais les aiguilles ne bougèrent pas d'un iota et l'aiguille de l'horloge ne recula pas d'une heure.

La porte s'entrouvrit légèrement et un bonjour hésitant se fit entendre. Mrs Pott, la gouvernante, s'enquit prudemment de sa santé et demanda s'il avait besoin de quelque chose. Était-il souffrant ? Devait-elle appeler un médecin ? Troublé, le majordome ouvrit de grands yeux. Il bondit aussitôt hors du lit, endossa sa robe de chambre et alla d'un pas rapide à la porte.

« Je me porte bien. Veuillez vous occuper, s'il vous plaît, aujourd'hui du petit-déjeuner de sa Seigneurie. Je vous rejoins dans cinq minutes. Tout est pour le mieux. »

La porte se referma sans bruit et il entendit les pas s'éloigner.

Devenait-il un vieil homme ? Cette pensée pénible le hanta tout au long de cette étrange journée.

Depuis dix ans maintenant, il officiait comme majordome et avait en charge le personnel de maison.

Il jeta un regard dans le miroir, qui lui renvoya, certes, l'image de premières mèches blanches, ci et là, entre ses cheveux maintenant clairsemés, mais aussi d'un homme au visage encore lisse et dénué de rides. Ses yeux d'un bleu intense, dont aucun voile opaque ne venait troubler l'acuité, n'auraient pas besoin de lunettes avant fort longtemps. Il pencha la tête et tendit les bras devant lui. Pas le moindre tremblement des mains. Il ne pouvait s'expliquer pourquoi il avait dormi si longtemps, lui, l'homme ponctuel par excellence.

Rien de tel qu'un repas servi avec retard, un vêtement livré trop tard ou du lait débordant de sa casserole, ce qui impliquait inévitablement que l'heure du thé serait décalée, et c'en était fait de son bien-être. De plus, il avait pris conscience, durant son activité de majordome, qu'un simple battement d'ailes de papillon au mauvais moment suffisait pour déclencher une réaction en chaîne, avec des répercussions sur la suite des évènements, réduisant à néant tout espoir de respecter scrupuleusement l'emploi du temps fixé.

Dès sa jeunesse, il avait déjà constaté son goût pour la ponctualité et l'exactitude. Il pensa, avec un sourire, à ses parents. Il les revoyait encore, toujours assis sur leur vieux canapé usé par le temps, leurs mains tremblantes tenant leurs grandes tasses de thé. Son père le lui avait souvent répété. *Mon fils, le temps est semblable à un lacet de chaussure défait. Si tu n'y prends garde et ne noues pas le lacet correctement, alors tu te casseras la figure. Sois attentif, toujours à l'heure et précis et alors tu ne trébucheras pas.* Il s'ensuivait la plupart du temps cette toux sèche et désagréable et le regard inquiet de sa mère.

Son père était un homme au teint pâle et aux cheveux clairsemés. Il avait trimé toute sa vie dans les mines à charbon. Sa santé était fichue. Enfant, il avait parfois eu l'impression que son père semblait fait de poussière à charbon. Partout, là où il déposait ses gants de travail lourds et épais, des amas de poussière grise se formaient – on eût dit de minuscules îlots gris – et sa mère, tentant en vain de chasser cette poussière de charbon, passait encore et encore le balai.

Dans son imaginaire d'enfant, son père rentrait à la maison, venant, en fait, d'un sombre pays lointain, dans lequel il tombait des flocons de neige noirs ; il y vivait des bonhommes de neige noirs qui avaient un morceau de charbon luisant en guise de nez.

Ses parents souhaitaient pour leur fils une vie meilleure à la leur. Alors, ils avaient mis chaque sou de côté. C'est pourquoi sa petite maman, si menue et délicate, était allée jour après jour travailler péniblement à la blanchisserie, les doigts meurtris jusqu'à l'os et rougis de sang, à force de frotter et laver. Il ne se souvenait pas de l'avoir jamais entendue se plaindre. Elle avait tout fait, tout donné, pour son fils bien aimé.

Il avait bénéficié d'un enseignement de qualité dans une école londonienne renommée, puis avait décidé de poursuivre une formation de majordome.

Chaque matin, sa mère, une tasse de thé et une brosse à la main, se tenait à ses côtés et inspectait son uniforme de travail. Ce n'est qu'après qu'elle eût tout contrôlé une dernière fois, qu'il pouvait alors quitter la maison.

Après avoir suivi la formation de base à l'hôtel *Ritz* de Londres, il obtint son diplôme avec distinction. Il pourrait dorénavant venir en aide à ses parents. Le temps joua malheureusement contre lui. La formation de majordome avait nécessité de longues années d'apprentissage. Lorsqu'enfin il l'acheva, ses parents n'étaient plus en vie.

Il avait vécu huit ans dans une colonie de l'empire britannique, le Kenya, au service d'un diplomate de sa Majesté, le Roi Georges VI. Il ne gardait pas un bon souvenir de ce temps-là.

Son ancien employeur, le comte Earl Erroll, fut assassiné en 1941. Son meurtre, jamais élucidé, fut classé définitivement sous le nom de *Happy Valley Mord.*

Il avait ensuite obtenu ce poste chez Sa Seigneurie, dans cette magnifique demeure et le rêve caressé par ses parents s'était enfin réalisé. Ils auraient été si fiers de leur fils. Il encadrait le personnel de service d'une famille vénérable, issue de la vieille noblesse britannique.

Pourtant, aujourd'hui, dans l'espace réservée aux

domestiques, il sentait les regards perplexes posés sur lui. Il n'y aurait bien sûr aucun commentaire sur cet incident. Le majordome présenta brièvement ses excuses pour le retard inadmissible de ce matin et fit part à chacun de ses instructions pour la journée. Avec une légère révérence et un sourire ravissant, Rose lui remit le courrier. L'enveloppe grise sauta immédiatement aux yeux du majordome. Elle était de plus grande dimension que les autres lettres et sans aucune mention de l'envoyeur. Sur l'enveloppe, figurait son nom : *Mortimer James Bensonman,* d'une écriture large. La lettre avait donc été remise directement à la porte.

« Rose, » dit-il, en s'adressant à la bonne, « qui a remis cette enveloppe grise ? »

La jeune fille haussa des épaules.

« Le facteur m'a dit l'avoir trouvée à même le sol, devant la porte et il me l'a donnée. »

Étrange, pensa-t-il, tout en tournant et retournant l'enveloppe dans ses mains. Il devait d'abord accomplir ses tâches de la journée. Ses affaires personnelles devraient attendre jusqu'à l'heure du thé de l'après-midi.

Et l'enveloppe était restée sur son secrétaire, attendant d'être décachetée. Cela pouvait attendre. Le contenu serait le même, lorsqu'enfin il l'ouvrirait. Une enveloppe sait faire preuve de patience.

À dix-sept heures, le majordome rejoignit son bureau, une tasse de thé à la main. Il se saisit de l'enveloppe et prit son vieux coupe-papier, un présent de Sa Seigneurie, dont il n'était pas peu fier. Il ouvrit prestement le pli et en retira l'unique feuille de papier. Elle était également de couleur grise, l'écriture était serrée, apparemment surannée. Tout en haut de la page, en plein milieu, un symbole accrochait le regard. Il ne pouvait pas voir exactement ce dont il

10

s'agissait, aussi s'empara-t-il de la loupe, dans un des tiroirs du meuble. Lorsqu'il plaça le verre grossissant sur l'emblème, il resta un court instant interdit.

« Ho ! Tiens donc ! Cela ressemble à une pâquerette fanée. À quoi tout cela rime-t-il ? »

Il se consacra ensuite au texte. Presqu'aussitôt, un tic nerveux agita ses yeux. La lettre lui échappa des mains et tomba sur le sol, en tourbillonnant. Son regard se perdit dans le vide, remontant jusqu'à un lointain passé, qu'il avait cru à jamais révolu.

Que signifiait tout cela, après toutes ces années ? Et pourquoi maintenant ?

Le visage du majordome parut subitement las et dénué de toute expression.

Sa main tâtonna le revers de sa veste. Elle se posa sur la broche : la petite pâquerette, apparemment insignifiante et pourtant d'une importance inestimable.

Plus tard dans la soirée, une ambulance s'immobilisa devant le perron de la demeure et les ambulanciers sortirent quelques instants plus tard, portant une civière, sur laquelle gisait un corps recouvert, sans vie. Des policiers entraient et sortaient. Rose, la bonne, semblait ne plus pouvoir s'arrêter de pleurer. Déconcerté, Sa Seigneurie se tenait, pâle et immobile, sur le seuil de la porte. De l'autre côté de la rue, une silhouette, jusque-là tapie dans l'ombre, se détacha de l'obscurité protectrice, qui l'enveloppait et s'éloigna d'un pas enjoué.

Une douce mélodie flotta dans le brouillard de plus en plus épais.

Le policier, en poste devant la maison, tourna la tête et réfléchit intensément. Il avança d'un pas sur le trottoir humide qu'enveloppait un brouillard à couper au couteau, comme pour s'approcher de la mélodie. Mais elle s'éloignait de plus en plus vite. À ce moment précis, l'inspecteur Morris apparut à la porte.

« Vous avez du nouveau, constable ? » l'interrogea-t-il, en voyant le visage pensif du policier.

« Non, sir. Tout est tranquille. Je me suis demandé d'où je connais cet air-là. Vous l'entendez ? »

L'inspecteur Morris tendit l'oreille vers l'obscurité, mais la mélodie s'était éteinte. Il toussota et le jaugea.

« Il se fait tard. Vous vous mettez à entendre des voix. Nous en avons fini, ici. Il semble qu'il s'agirait d'un suicide. Enfin !!! Un cas on ne peut plus clair, sans mauvaise surprise. Satané brouillard ! J'en ai déjà le nez qui siffle. Il réclame, à cor et à cri, une tasse de thé. » Ce furent ses derniers mots, avant qu'il ne monte dans son véhicule, qui disparut dans la nuit, englouti par l'obscurité.

L'ambulance s'en alla, toutefois sans la sirène stridente, qui était dans ce cas superflue. Le constable fit un signe de la tête à ses collègues et un court instant plus tard la vénérable demeure, riche de plusieurs siècles d'histoire, des Lords of Pearpie, était plongée dans le silence le plus complet.

Alentour, les visages curieux, qui s'étaient pressés aux fenêtres, disparurent. Ce soir-là, les bouilloires ne trouveraient pas de repos de si tôt. Il ne s'était rien produit de tel depuis fort longtemps, à *Richmond upon Thames*, cette paisible banlieue de Londres. Certes, un suicide n'était pas un meurtre, mais il y avait tout de même là de quoi alimenter encore longtemps les conversations. Ainsi donc, les bouilloires sifflèrent toute la nuit et on leva, ici et là, un verre de whisky à la santé du Lord et de ses domestiques.

Dans le manoir des Lords of Pearpie, la gouvernante, inconsolable, saisit le téléphone et attendit qu'à l'autre bout du fil, son interlocuteur décrochât. Après une légère hésitation, elle souffla dans le combiné : *« Daisy Chain ! »*

Son regard, noyé de larmes, se posa sur la broche fleur, ornée d'une pâquerette, qu'elle tenait dans la main. Elle l'avait trouvée plusieurs heures auparavant dans sa chambre, accompagnée de quelques lignes griffonnées à la hâte. Toutes ces longues années, elle avait vu ce petit bijou, accroché à la boutonnière de son ami ; car, assurément, le majordome Mortimer James Bensonman avait été son ami. Il lui manquerait cruellement.

Qu'est-ce qui avait poussé cette âme noble à ce geste désespéré?

Un cœur de nourrice

Hortense Peachwood descendait d'une longue lignée de nourrices. Dans sa famille aux branches multiples, il y avait toujours eu des femmes qui s'étaient dévouées corps et âme à cette noble tâche.

Elle s'enorgueillissait d'être une excellente nourrice, et à présent, elle se réjouissait à l'idée d'une retraite bien méritée, à soixante-dix ans. Son dernier employeur, Mr Gordon Shamway, un employé fortuné de la maison de vente aux enchères Christie, lui avait soumis une proposition extrêmement généreuse, en récompense de ses bons et loyaux services auprès de sa famille, pendant tant d'années. Il mettait à son entière et exclusive disposition, et ce, gracieusement, jusqu'à la fin de ses jours, le petit appartement mansardé, dans sa villa à Belgravia, l'un des plus beaux quartiers de Londres. Elle n'hésita pas un seul instant et accepta. Pareille offre ne se refusait pas.

Elle touchait une petite retraite et avait mis, pour ses vieux jours, un joli magot de côté ; en revanche, elle n'aurait jamais pu acquérir son propre appartement et aurait été donc complètement tributaire de la générosité de sa famille, avec laquelle la relation se résumait tout au plus à l'envoi d'une carte de meilleurs vœux à *Noël*. Elle était gâtée par la vie. Elle en était convaincue.

Elle s'installa sur son fauteuil bien douillet, un doux sourire sur le visage. Un vieil album photo, avec une multitude de clichés d'enfants, ses petits protégés, reposait sur ses genoux. Le manteau de la cheminée croulait presque sous le poids du nombre incalculable de cartes de vœux de familles reconnaissantes et de photos d'enfants encadrées, pressées les unes contre les autres.

Hortense Peachwood était une dame toute menue aux cheveux gris souris, toujours attachés en un chignon serré. De petites lunettes cerclées, à monture en nickel, pendaient au bout de son nez arrondi. Il ne s'écoulait pas plus d'une minute, sans qu'elle ne fronçât le nez, ce qui avait suscité l'hilarité de plusieurs générations d'enfants. La nourrice l'avait remarqué, bien entendu ; mais elle avait une nature bien trop généreuse pour s'en offusquer. C'est pour cela que tout le monde l'adorait.

Hortense tournait les pages de son album, pour s'arrêter sur une vieille photo, jaunie par le temps, d'une fillette aux boucles blondes. L'enfant souriait franchement à l'objectif. Elle serrait contre elle un ourson en peluche, qui avait un ruban rouge autour du cou. À ses côtés, se tenait un jeune garçon dégingandé, aux cheveux sombres, qui évitait soigneusement de fixer la caméra, au lieu de quoi, son regard hostile regardait sur le côté. Des larmes coulèrent le long des joues ridées de la nourrice. Des doigts de la main gauche, elle caressa avec une tendresse infinie l'image de la fillette. Elle poussa un soupir et secoua la tête.

« Oh ! Ma petite poupée si jolie, pourquoi a-t-il fallu que tu me quittes ? »

Elle pressa la main tout contre son cœur. Comme à chaque fois qu'elle contemplait ce si ravissant visage innocent, elle ressentait cette lancinante douleur dans son vieux cœur.

Elle se leva lourdement, comme si tout le poids du monde pesait sur ses épaules et se dirigea vers la modeste armoire à pharmacie, dans la cuisine. Quelques gouttes du liquide rougeâtre tombèrent de la cuillère à café dans la paume de sa main. Le docteur avait insisté : « Seulement quelques gouttes ! » et elle se tenait scrupuleusement à ses recommandations.

Après une petite demi-heure, elle allait nettement mieux.

Elle entendit frapper à la porte et ouvrit, son fameux sourire aux lèvres.

« Bonjour, Miss Peachwood. Comment allez-vous aujourd'hui ? J'ai du courrier pour vous. »

C'était Marlène, l'aînée des enfants de la famille. Hortense l'avait, elle aussi, bercée pour l'endormir.

« Merci, Marlène. C'est très gentil. Mais tu ne devrais pas monter toutes ces marches, dans ton état. Pour quand est donc prévu l'accouchement, ma chérie ? »

Marlène posa une main sur son ventre et caressa le doux renflement avec une infinie tendresse.

« Oh !!! Ce n'est plus qu'une question de jours, selon le Dr Bruster. Nous sommes déjà au-delà du terme. Mais il est d'avis que bouger me fait le plus grand bien et je viens vous voir avec plaisir. »

Hortense sourit.

« Du courrier pour moi ? Sans doute, des cartes de vœux de Noël de la famille. Je te souhaite une merveilleuse journée. »

Marlène lui fit un petit signe de la tête et s'en fut.

C'était une grande enveloppe grise. Seul, son nom y figurait. Ni timbre, ni cachet de la poste, ni mention de l'expéditeur.

« C'est curieux. » murmura Hortense. Lorsqu'elle sortit la feuille de l'enveloppe, elle dût réajuster ses lunettes, afin de mieux voir. En haut de page, au centre, figurait le symbole d'une pâquerette fanée.

Trois jours s'écoulèrent.

Marlène trouva alors étrange que, depuis quelques jours déjà, l'on n'avait pas le moindre signe de vie de la locataire de la mansarde. Certes, la maison était en pleine effervescence, depuis que le petit dernier était enfin arrivé. On n'avait pas du tout eu de pensée pour la dame de l'appartement mansardé. Elle envoya la bonne là-haut, lui faire part de la bonne nouvelle.

À présent, la jeune fille se tenait devant la porte du petit logement de Miss Peachwood et frappait pour la énième fois.

De l'autre côté de la porte, ne venait aucune réponse. La cuisinière s'était jointe à la servante. Elles échangèrent un regard inquiet. La soubrette colla son oreille tout contre la porte et épiait le moindre bruit.

Rien. La cuisinière saisit alors son courage à deux mains et baissa la poignée de la porte.

À l'intérieur de la pièce, régnait un froid glacial. Selon toute apparence, le feu du poêle n'avait pas été attisé depuis plusieurs jours déjà. La domestique resta à la porte et montra à la cuisinière la porte de la chambre. Hésitante, elle ouvrit la porte et aussitôt, elle recula d'effroi. Le froid avait conservé la défunte ; néanmoins, la lividité caractéristique du cadavre était incontestable.

Elle referma précipitamment la porte et mis son mouchoir devant le visage. La servante n'avait rien vu mais elle cria d'autant plus fort, ce qui ameuta tout le personnel. Une heure plus tard, la pièce était prise d'assaut par des agents de Scotland Yard.

La dépouille de la vieille dame fut emportée et Hortense Peachwood se mit en route pour son ultime voyage.

L'inspecteur Morris était dans le salon. Il était plongé dans ses pensées et ses sourcils froncés avaient creusé entre eux une ride profonde. Un de ses officiers lui avait remis le flacon vide, qui avait contenu le médicament au liquide rougeâtre et une petite broche de la forme d'une pâquerette. Ces objets, ainsi que quelques mots, griffonnés à la va-vite sur un bout de papier, avaient été trouvés dans les mains de la défunte.

« Eh bien! Apparemment, un suicide de plus! Et là encore, il semblerait qu'il n'y ait pas le moindre doute, n'est-ce-pas? Cela ne me plaît pas du tout. Constable! » l'inspecteur interpela un des agents. « Je souhaite un rapport extrêmement détaillé de la médecine légale sur mon bureau, sans délai, de préférence hier. Faites-le savoir au vieux chercheur d'os. Ah ! Et veuillez lui donner ce flacon de médicament. »

Le vieux chercheur d'os en question était le responsable du département de médecine légiste, le Dr Seeker. Nul n'ignorait que, non seulement il était extraordinairement compétent, mais il se plaisait surtout, pendant ses heures de loisir, à rechercher des ossements de dinosaures. Et il était souvent raillé pour cela.

L'inspecteur Morris examina la lettre d'adieu de la défunte. L'écriture, irrégulière et peu soignée, semblait avoir été griffonnée d'une main tremblante. Juste quelques mots.

Il est temps pour moi de me retirer. Une vie commence - une autre s'achève. Ainsi, en a-t-il toujours été. La pâquerette doit être remise à Mr Arthur Reginald Beanstock, vivant à Parsley Manor, à Parsley Field.

18

Elle parlait certainement de cette broche quelconque.

L'inspecteur Morris se gratta le nez. Il était affublé d'un nez énorme et son visage était joufflu. Il devait certainement son corps replet et rebondi aux délicieux et irrésistibles gâteaux à la crème de sa mère. Tous ces éléments réunis le faisaient ressembler à un hobbit.

Et pourtant, son nez de limier et son flair quasi-infaillible lui avaient permis d'élucider nombre de meurtres ; et lorsque son nez le chatouillait, comme en ce moment, alors il avait l'intime conviction que quelque chose ne tournait pas rond.

Il ne lui restait plus grand-chose à faire, ici. Le constable enregistrerait les dépositions du personnel et des occupants de la demeure et dresserait ensuite un procès-verbal. L'inspecteur descendit l'escalier étroit, passa par l'office, la partie de la maison réservée au personnel domestique, pour regagner l'aile de la demeure réservée aux maîtres de céans et il sortit.

Il rejoignit sa voiture, se réjouissant à l'idée d'une tasse de thé brûlant.

Entretemps, la nuit était tombée et les réverbères jetaient de petits cercles de lumière sur le trottoir. La neige s'était de nouveau mise à tomber. La poudre fine, blanche et légère, avait recouvert les routes, semblable à un linceul d'une blancheur immaculée.

Dans le silence de la nuit, s'éleva alors un air que quelqu'un sifflotait doucement et l'inspecteur Morris se demanda s'il n'avait pas déjà entendu cette mélodie quelque part. Ses sens lui jouaient peut-être quelque tour. Soudain, la mélodie se tut.

« *It's only a Papermoon* ! C'est le titre de la chanson ! Je m'en souviens enfin ! » fit remarquer l'officier, posté devant la magnifique demeure. L'inspecteur lui jeta un regard étonné.

« Vous ne vous rappelez certainement pas, inspecteur. J'ai également monté la garde devant la maison, pour le suicide de ce majordome et c'est le même air que j'ai entendu. Le titre de la chanson m'échappait. Je crois qu'il s'agit de *It's only a Papermoon*, un vieux refrain des années 30. Je suis un passionné de musique… »

Le constable remarqua l'expression de surprise sur le visage de l'inspecteur et stoppa net son flot de paroles.

« Veuillez m'excuser, Sir. Je ne voulais pas vous retarder, Sir ! » Il se mit au garde-à-vous.

« Pas de souci, constable. Vous pouvez continuer votre travail. »

L'inspecteur Morris lui fit un geste d'encouragement de la tête et tendit l'oreille dans l'obscurité. Mais seul lui parvenait le doux frémissement de branches d'arbres que le vent léger agitait.

Le nez de l'inspecteur le chatouillait.

Parsley Manor

La vie avait repris son cours normal et Arthur Reginald Beanstock, le majordome des baronnets Parsley, s'en réjouissait particulièrement. Les semaines, qui avaient suivi les deux atroces meurtres, avaient été un combat de chaque instant, jour après jour, avec ces messieurs de la presse et avaient aussi éveillé la curiosité collective. Le majordome de Lady Fedora et Sir Percival avait fait de son mieux, afin de les préserver de cette attention des masses populaires.

Un mois s'était écoulé depuis la fin du procès à Londres, au cours duquel le meurtrier confondu avait été déclaré pénalement irresponsable de ses actes et placé pour le restant de ses jours dans un établissement pénitentiaire pour criminels atteints de troubles psychiques. À présent, en cette année de 1952, le retour à la vie normale se faisait progressivement. Toutefois, quelques changements notables s'étaient opérés dans la petite bourgade.

L'épicerie de la veuve Bloom continuait à pourvoir Beanstock en romans policiers qu'il affectionnait tant. Pourtant, combien de fois n'avait-il surpris, une fois franchi le seuil du magasin, la vieille dame aux cheveux blancs, un de ses énormes bocaux de bonbons entre les mains, le regard fixé sur la fenêtre, songeuse ? Le facteur devait lui manquer, lui, dont la visite quotidienne se terminait à coup sûr par un de ses délicieux bonbons à la framboise. Seuls, le majordome et Sir Percival savaient d'où la veuve Bloom tenait ses friandises, en ces temps affreux de privation. Les sucreries étaient soumises à un rationnement sévère, au Royaume-Uni.

Dans le village, chacun avait échangé, jour après jour, les dernières nouvelles avec Mr Partridge, le facteur. Mais il avait quitté Parsley Field.

Parfois, Sean O'Donoghue, le propriétaire du pub *Jack O' Lantern*, assis à une de ses tables, sa toute première tasse de thé de la journée devant lui, levait parfois les yeux de son journal du matin et fixait la porte. Le facteur lui avait rendu visite tous les jours, même lorsqu'il n'avait pas de courrier pour lui.

À titre temporaire, la collecte et la distribution du courrier étaient prises en charge par la localité voisine. Une fois par semaine, un petit véhicule de la poste livrait courriers et colis. Au volant de la voiture était assis un homme sec et revêche, dont la tête avait curieusement la forme d'un petit-pois et qui affichait ouvertement son profond mécontentement devant cette tournée supplémentaire.

La veuve Bloom avait d'ailleurs fait part de son déplaisir à l'administration de la poste de Sa Majesté en des termes très vigoureux. En sa qualité de propriétaire du petit commerce florissant, *Tout pour une vie heureuse à la campagne*, elle n'était nullement disposée à faire attendre de longues semaines sa clientèle, avant de lui remettre la marchandise commandée. Après tout, on n'était pas, ici, dans une lointaine colonie de la Couronne Britannique et contraint d'attendre avec une fébrile impatience le vaisseau de la poste britannique.

Dans le cabinet des Winterbottom, la vieille Mrs Hazelwood était à nouveau à la réception. Elle avait été si heureuse de pouvoir enfin profiter de sa retraite bien méritée, mais le Dr. Bruce Winterbottom, le médecin généraliste du village, avait réussi à la convaincre de reprendre son ancien poste, à la grande indignation du petit Timmy, qui détestait Mrs Hazelwood au plus haut point. Ses verres de ses lunettes étaient si épais qu'ils faisaient penser à des fonds de bouteille et derrière, ses yeux semblaient sautiller, tels de minuscules escarbots sous une loupe. Ses cheveux, noués dans un énorme chignon très serré, étaient couleur de cendre et le petit Timmy, avec son imagination débordante, était persuadé que c'était une fée maléfique, dont la baguette magique était une piqûre. Elle n'était là que dans le seul but de le tourmenter.

Dans le manoir des baronnets, un changement était également survenu : un nouveau visage était apparu. Elizabeth Trilby, la toute nouvelle servante, qui avait demandé à être appelée Lizzy, s'était imposée entre toutes les jeunes filles, qui avaient postulé pour cette fonction, très prisée, chez les baronnets.

Le majordome et Mrs Argyle, la gouvernante, avaient apprécié d'emblée sa nature vive et sa fraîcheur.

C'était une jeune fille robuste. Sa coiffure était du dernier cri : elle portait sa chevelure noire en un carré court avec une frange, elle aussi, très courte. Ses yeux, couleur noisette, étaient tachetés de paillettes couleur or et évoquaient des étoiles scintillantes dans la nuit. Il n'en avait pas fallu plus au chauffeur, qui avait immédiatement saisi sa chance et s'était lancé dans une tentative de séduction qui déplut fortement à la jeune fille, elle ne tolérait pas des avances aussi grossières. Elle lui fit part en ces mots de son déplaisir, tout en lui lançant un clin d'œil, pour atténuer ses propos, faisant apparaître un sourire en coin sur le visage du bel Espagnol, sous le charme.

Une semaine à peine après l'entrée en fonction de Lizzy dans le manoir des baronnets Parsley, Mrs Argyle fit savoir au majordome que leur choix avait été le bon. Tous étaient ravis au manoir Parsley.

La neige tomba en abondance les derniers jours de l'année. Pendant la nuit, de gros flocons blancs avaient tout recouvert d'une magnifique couche scintillante.

À cette période de l'année, l'activité du jardinier Herringbone se cantonnait presque exclusivement au soin de ses plantes frileuses, qu'il avait mises à l'abri dans la serre, pour les protéger des rigueurs de l'hiver.

Et Mortecai, son chat, était on ne peut plus heureux. Cela signifiait pour le matou un bol de lait supplémentaire, une délicieuse friandise en plus et encore plus de câlins, car le jardinier posait, alors, plus souvent sa main sur le dos de l'animal, pour caresser son pelage soyeux. Et lorsqu'il apercevait, de l'autre côté de la vitre du jardin d'hiver, son meilleur ennemi, le Beagle Junior, qui peinait à avancer, ses pattes enfoncées dans la neige épaisse, et jetait des regards tristes et pleins d'envie en direction de la serre, alors Mortecai ne pouvait rêver meilleure journée. Le matou s'étirait avec délectation sur son gros coussin bien moelleux au bord de la fenêtre, lissait de la patte sa moustache et lançait alors un regard amusé à Junior.

La porte de la serre s'ouvrit et lady Fedora, emmitouflée dans un long manteau cape, en fourrure beige, apparut. Elle referma précipitamment la porte derrière elle et secoua légèrement la tête, pour faire tomber les flocons légers.

Le jardinier se tenait, des cisailles à la main, devant un des énormes vases, et taillait une trompette des anges.

« Surtout soyez bien prudent, mon cher Herringbone! Ne taillez pas trop! » l'exhorta-t-elle, en scrutant d'un air inquiet la corbeille, posée près du jardinier et pleine à craquer de branches coupées.

« Pas plus que nécessaire ! Pas plus qu'il ne faut !» grommela-t-il, tout en taillant une branche qui vint s'ajouter aux autres, dans la corbeille. Il se tourna, ensuite, vers lady Fedora et l'interrogea du regard.

« Nous avons décidé d'entreprendre cette année un voyage, que nous souhaitions faire de longue date. C'est la raison pour laquelle, seul un sapin de Noël pour le personnel sera nécessaire. Nous serons de retour la fin janvier. Je ne souhaite pas renoncer pour autant aux décorations de Noël. Il faudra donc, comme toujours, cinq arrangements floraux de fête pour notre pièce à vivre, ainsi qu'un somptueux bouquet pour le Comte de Southcoffelton et son épouse, à qui nous irons rendre visite cette semaine, mercredi. Veuillez vous en charger. »

Le jardinier était légèrement surpris : il avait, en fait, reçu du majordome de Milady les mêmes instructions ; mais il savait parfaitement pourquoi Lady Fedora était venue en personne. C'était chaque hiver le même cirque : Milady craignait que le jardinier ne taillât ses précieuses plantes chéries, plus que nécessaire. Il s'en était accommodé.

Elle laissa glisser un regard curieux sur les plantes dans leurs vases. Herringbone enregistra cela avec sa nonchalance coutumière. Lady Fedora laissa échapper un soupir, resserra son manteau cape autour de ses épaules et fit un mouvement de tête résigné à l'adresse du jardinier.

« Il y a mille et une choses auxquelles je dois penser, avant notre départ. Donc, mon cher Herringbone, veillez à ne pas trop tailler ! » Lady Fedora leva un index menaçant, donnant tout son poids à ses mots.

« Pas plus qu'il ne faut, Milady », marmonna-t-il à nouveau.

Sur ce, elle quitta le jardin d'hiver, à la plus grande joie du jardinier et prit le petit chemin déblayé, pour s'en retourner au manoir. Là, son époux l'attendait, une tasse de thé fumant, auquel il avait ajouté un bon doigt de whisky, ainsi qu'il lui plaisait de dire. Le majordome lui retira la cape, inclina légèrement la tête et lui fit savoir : « Sir Percival vous attend dans le salon, Milady. »

La sonnerie du téléphone retentit. Beanstock décrocha l'appareil dans le corridor.

Il s'avéra inutile de remettre le combiné à Sir Percival.

« *Daisy Chain*, Mr Beanstock ! » entendit-il au bout du fil. Le visage du majordome s'assombrit en un éclair.

Lorsque Beanstock eut raccroché, un pli soucieux se dessina entre ses sourcils. Il jeta un regard vers la porte ouverte du salon, où Sir Percival et Lady Fedora étaient plongés dans une conversation animée relative à leur voyage imminent. Beanstock prit une profonde inspiration et d'un geste énergique de la main, tira sur son gilet. Il toussota et se dirigea vers le salon. Il entendit le rire joyeux de Milady.

« Pourrais-je m'entretenir un court instant avec vous? » s'enquit-il, tout en inclinant imperceptiblement la tête.

« Absolument, mon brave! Que se passe-t-il donc? S'agissait-il d'un appel personnel? J'espère que ce n'est rien de grave? On dirait que vous venez de voir un fantôme. » Sir Percival reposa sa tasse sur la table.

« Il s'agit d'une affaire particulièrement délicate, qui vient juste de se produire. Il faudrait donc que je me rende à Londres. »

Le couple échangea un regard étonné.

26

« Eh bien! Cela ne devrait poser aucun problème, mon cher Beanstock. Gonzalès vous y conduira et vous pourrez faire quelques courses. Ainsi, chacun y trouvera son compte. »

Le majordome s'éclaircit la gorge, à nouveau.

« Le fait est qu'il me faudra certainement y séjourner un certain temps, afin de régler cette question. Et il est même fort probable que je sois encore absent à votre retour de voyage. Je ne peux que vous présenter mes plus plates excuses pour ce contretemps. Si vous n'y voyez aucun inconvénient, je pourrais organiser un remplaçant fiable sous tout rapport, une personne sérieuse et absolument honorable. J'espère que vous comprendrez l'importance que revêt ce problème pour moi. Je n'oserais jamais agir à l'encontre de vos instructions, aussi je comprendrais tout à fait si vous ne me donniez pas votre aval. »

Sir Percival, abasourdi, considéra son épouse et se leva lentement de son fauteuil.

« Dites-nous, Beanstock, les nouvelles au téléphone étaient- elles donc si mauvaises ? »

Le majordome hocha doucement la tête et regarda avec anxiété son employeur. Qu'allaient-ils décider ? Il lui répugnait de faire ainsi obstacle aux projets de ses maîtres.

Une personne autre que Sir Percival, Baronnet de Parsley, en aurait peut-être décidé tout autrement.

Si les barons appartenaient à la haute noblesse britannique, le baronnet, pour sa part, faisait partie de la noblesse terrienne ou petite noblesse. Les baronnets étaient suivis des chevaliers « *Knights* » puis des écuyers. Le titre de baronnet était de transmission héréditaire, mais il pouvait également être attribué par le monarque souverain.

Sir Percival était le huitième baronnet de Parsley et

descendait d'une longue lignée d'ancêtres, dont il était fier. Ils s'étaient tous, sans exception, distingués par leur habileté à administrer les terres confiées, avec intelligence et bon sens. Le baronnet n'était pas snob pour deux sous. Il n'était jamais trop occupé pour s'entretenir avec ses métayers et toujours à l'écoute des habitants de Parsley Fields, dont il comprenait les besoins et il se faisait un plaisir de les conseiller et de les assister. C'est sans doute pourquoi il était le dignitaire le plus apprécié de toute la contrée.

« Je vous assure que vous pouvez compter sur notre soutien le plus total et je suis persuadé de parler également au nom de ma chère épouse. Il nous est impossible d'imaginer notre foyer sans notre cher Beanstock et, si je ne me trompe, il me semble que vous n'avez pas eu de véritables congés, depuis des années, non? Alors, pourquoi ne prendriez-vous pas quelques jours de repos? Je suis certain que nous trouverons une solution qui satisfera chacun. »

Lady Fedora se tenait à présent près du majordome ; elle avait posé une main réconfortante sur son bras et le rassura:

« Ma femme de chambre, Miss Arbuckle, nous accompagne et elle veillera à mon bien-être. Nous ferons ce voyage avec le Comte et la Comtesse de Southcoffelton, Lord Mortimer et son épouse, Lady Marjorie. Dieu soit loué! Ils se sont enfin décidés à engager un nouveau majordome. Son prédécesseur s'était fait vieux et il fallait sans cesse passer l'immense château au peigne fin, pour finalement le trouver, somnolant dans quelque recoin. Qui plus est, il était d'une extrême lenteur et il fallait de plus en plus lui prêter main forte. Vous n'êtes pas sans l'ignorer. Ils lui ont toutefois permis de continuer à vivre dans le château, à la condition qu'ils le remplacent par une personne plus jeune de sa guilde. Nous avons suivi vos recommandations, mon cher Beanstock. Je suis persuadée que pour ce voyage, un seul et même majordome suffira pour les deux messieurs. Et mon bien-aimé Percival se débrouillera parfaitement tout seul, pendant quelques temps. Chacun y trouve son compte, n'est-ce-pas ? »

Beanstock n'était pas aussi sûr. Cette situation le mettait mal à l'aise. Mais que faire ? Il devait loyauté absolue à la société Daisy Chain, qui avait fait appel à lui, en raison de son flair incroyable de fin limier. Le nouveau majordome au service du Comte et de la Comtesse de Southcoffelton était un jeune homme compétent et jouissant d'une excellente formation. C'est l'esprit tranquille qu'il l'avait donc recommandé.

Il poussa un profond soupir.

« Je vous remercie pour vos paroles, Lady Fedora. Si cela ne vous dérange pas, alors je m'absenterai la semaine prochaine, lorsque vous serez déjà partis. Je vais tout organiser et en discuter dans le moindre détail avec Mrs Argyle, afin que tout se passe ici, sans le moindre accroc. Merci infiniment pour votre compréhension. »

« Ah! Au fait, Beanstock… » rétorqua Sir Percival, « Gonzalès vous accompagne avec notre Bentley. J'insiste! Lorsqu'il nous aura déposés à Dover, ses services ne seront pas indispensables ici et la Bentley a besoin d'exercice. »

Il fit un clin d'œil complice à sa femme.

« Soyez heureux de ne pas avoir été à Londres ces derniers jours. Il semblerait qu'un brouillard impénétrable ait plongé la ville dans l'obscurité. Cette masse opaque aurait stagné plusieurs jours au-dessus de la ville. C'est effroyable. De nombreux morts sont déjà à déplorer. Le gouvernement de Sa Majesté devrait vraiment faire quelque chose, tu ne penses pas, Perci, mon chéri? »

« Bien sûr, ma douce. Cette catastrophe qui a frappé Londres, le six décembre, était d'ampleur biblique et notre premier ministre, Churchill a pris des mesures bien trop tardivement. C'est mon avis personnel », tempêta Sir Percival.

Beanstock inclina respectueusement la tête et quitta le salon, pour se rendre à l'office.

« Tu as bien fait, Perci. Mais tu aurais pu lui demander la raison qui le motivait, mon chéri, non? », dit Milady, inquiète, à l'adresse de son époux.

« Si Beanstock avait voulu nous en informer, il l'aurait fait. Je suis certain qu'il sait pouvoir compter sur nous. Par-contre, je ne souhaite pas le bousculer. Tu as pu constater, toi aussi, comme tout cela lui était particulièrement pénible, ma chérie. Gonzalès sera à ses côtés et cela devrait nous rassurer. »

Lady Fedora acquiesça et se servit une deuxième tasse de thé. Elle regarda, l'air soucieux, dans la direction qu'avait prise Beanstock.

Sir Percival prit le livre, posé près de sa tasse et se plongea dans la lecture passionnante qui relatait le conflit sans merci, qui opposa les deux grandes dynasties de l'aristocratie anglaise, la maison de York et celle de Lancastre, prétendant toutes deux à la couronne britannique. Ce fut la guerre des Deux-Roses, la rose rouge, emblème des Lancastre contre la rose blanche, celui des York. Malgré tous ses efforts, sa concentration se dérobait et après avoir réalisé qu'il lisait pour la troisième fois la même page, il préféra renoncer et reposa le livre sur la table basse, près de son fauteuil.

Pendant ce temps, le majordome était assis derrière son bureau dans l'aile de la maison réservée au personnel domestique : il s'entretenait avec Mrs Argyle, la gouvernante, des tâches à effectuer en vue du voyage de Leurs Seigneuries et donna ses instructions pour la durée de son absence.

Il insista tout particulièrement sur la nécessité d'un entretien en tête-à-tête avec la femme de chambre, Miss Arbuckle. Parmi le personnel, c'était un secret de polichinelle que Filomène Arbuckle pouvait être parfois tête en l'air. Et il était arrivé plus d'une fois que Milady n'était dûment coiffée ou habillée.

Qu'elle soit en présence du Comte de Southcoffelton et de son épouse, ou au gré des rencontres faites pendant le voyage, Milady devait être impeccable et apprêtée, en toute circonstance, avec tous les égards dûs à son rang. On sermonna la caməriste, en faisant à nouveau appel à sa conscience et comme, Mrs Argyle, elle-même, avait dû retirer de la coiffure de Lady Fedora une aiguille et le fil avec, Filomène ne put que reconnaître que cet entretien avait lieu d'être.

« Vous allez nous manquer, Mr Beanstock », dit la gouvernante, pensive. « La fête de *Noël* sera très étrange cette année. Nos Seigneuries seront à l'autre bout du monde, Gonzalès et vous serez à Londres… et surtout, ce sera une fête sans notre chère Bernice. Elle nous manque cruellement, même si Lizzy s'est révélée être une femme de chambre hors pair pour Parsley Manor. Ce sera une curieuse fête. »

« Je peux vous assurer, Mrs Argyle, que je ne souhaiterais rien de plus au monde qu'être aux côtés de Sir Percival. »

Un bruit de vaisselle, se brisant sur le sol, mit un terme à leurs tristes pensées, les ramenant brutalement à la réalité. Les hurlements scandalisés de voix et les jurons bien sentis qui s'ensuivirent leur étaient tout aussi familiers.

« Phillis… », dirent-ils à l'unisson, en levant les yeux au ciel.

Parsley Manor, mois de décembre

Tout était fin prêt pour le voyage des baronnets en compagnie de leurs amis de toujours, le Comte de Southcoffelton et son épouse, Lady Marjorie, pour l'Égypte, cette contrée lointaine et légendaire. Les bagages étaient déposés dans l'immense hall d'entrée. Harrison et Gonzalès chargèrent malles et valises dans le coffre de la Bentley.

Dans le salon, les quatre aventuriers dégustaient une dernière tasse de thé, en se régalant des fameux biscuits de *Noël délicieux* de Mrs Porkpie. Il régnait une joyeuse effervescence. Tous étaient excités comme des puces. Plus particulièrement les deux femmes, tout à la joie de cette aventure, avaient les yeux brillants d'impatience. Ce voyage, planifié de longue date, avait été maintes fois repoussé, du fait du chaos engendré par la guerre. Beanstock fit son entrée dans le salon et annonça que l'automobile était prête pour le départ.

Le personnel domestique, au grand complet, était réuni, aligné dans le grand hall d'entrée, pour dire au revoir et souhaiter un bon voyage aux Seigneuries. Henri, le nouveau majordome des Southcoffelton et Filomène, la caமériste de Lady Fedora attendaient, vêtus d'un manteau et coiffés d'un chapeau. Les joues de Filomène étaient colorées de petites taches roses. Beanstock espérait dans son fort intérieur que l'émotion et l'excitation du voyage en étaient la raison et pas le fard à joues trop généreusement appliqué.

Sir Percival s'exprima de sa voix sonore et souhaita à chacun et chacune un joyeux Noël. Il baissa ensuite le regard, un court instant, vers le sol, où Junior, geignait, les oreilles pendantes, tout en se pressant contre ses jambes. Le beagle sentait bien qu'il se passait quelque chose, qui ne serait pas du tout de son goût. Sir Percival caressa tendrement la tête de son petit compagnon.

« Prenez bien soin de mon petit Junior. » ajouta-t-il.

« Chéri, il est temps que nous partions. Je crains que le ferry pour Calais ne soit plus là, si nous arrivons avec retard », lui fit remarquer Lady Fedora, légèrement anxieuse. « L'Orient-Express part ce soir à vingt-deux heures. Notre emploi du temps est particulièrement serré et nous devons faire en sorte de le respecter. »

Sir Percival caressa tendrement le bras de son épouse.

« Détends-toi, ma chérie. Nous avons suffisamment de temps devant nous, pour prendre notre train et il s'agit du Simplon-Orient-Express, je te l'avais expliqué. Nous irons de Calais à Naples et de là, nous embarquerons pour Alexandrie. »

Il frappa dans ses mains, gai comme un pinson, donna une tape dans le dos de son majordome, qui se tenait près de lui. Beanstock chancela en avant, sous l'impact, mais parvint de justesse à se ressaisir. Sir Percival suivit son épouse, un large sourire aux lèvres, et sortit. Dehors, il faisait un froid glacial. D'énormes stalactites de glace pendaient aux arbres, transformant le jardin en un endroit plein de magie, une forêt enchantée.

La Bentley sortit à vive allure de l'allée de la maison, pour disparaître rapidement, laissant derrière elle le personnel de Parsley Manor, qui continua un long moment à faire de grands signes d'adieu, en agitant la main. Beanstock poussa un long soupir et il sentit ses cheveux se hérisser sur sa tête, à l'idée que Sa Seigneurie devait effectuer ce long voyage, sans majordome. Il se dirigea vers son bureau, pour noter ses dernières instructions.

Il avait été décidé qu'au retour du chauffeur dans l'après-midi, le personnel fêterait Noël avant l'heure. L'arôme divin du gâteau de Noël aux fruits confits à la Mrs Porkpie s'était répandu dans tout le manoir, venant chatouiller délicatement les narines de plus d'un.

Les baronnets avaient remis à Beanstock, pour chaque employé, les cadeaux, soigneusement empaquetés. À présent, de nombreux petits paquets, avec leurs gros rubans et leurs étiquettes scintillantes, s'entassaient sur le sol de la pièce.

Beanstock leva les yeux de son calepin et son regard se perdit dans un passé lointain. Il travaillait alors, à titre temporaire, chez un Lord, Lord Yoster, dont le majordome était souffrant. Auparavant, la mère de Beanstock s'était éteinte et il venait juste de poser sa candidature pour le poste de majordome chez les Baronnets de Parsley.

Chez Lord Yoster, vivaient des enfants et une nourrice s'occupait d'eux. Hortense Peachwood était devenue une seconde maman pour lui. Elle avait toujours été à l'écoute, attentive, compréhensive et infiniment patiente. Il avait tout au long de ces années gardé le contact avec elle, et ils s'étaient écrit régulièrement et elle venait de mourir. D'après les informations qu'il avait reçues du directeur actuel de Daisy Chain, il s'agissait d'un suicide. Cependant, quelques incohérences avaient été relevées, d'autant plus qu'il ne s'agissait pas du seul meurtre récent.

Il y avait aussi la petite broche. Pourquoi donc Hortense

avait-elle tenu à ce qu'elle lui soit remise, à lui, Beanstock ? Il devait y avoir nécessairement une raison à cela. Au téléphone, le flair du majordome - enquêteur s'était réveillé et il ne le trahissait jamais. Il était de son devoir, au nom de l'amitié qui l'avait uni à la vieille dame, de tirer l'affaire au clair. Il sentit que ses yeux commençaient à devenir humides. Pourquoi cette vieille dame au cœur si généreux et pur se serait-elle donné la mort ?

Il secoua la tête avec force, pour chasser les idées sombres.

Il se rendrait le lendemain, enfin, à Londres. Il découvrirait ensuite ce qui était véritablement arrivé à sa vieille amie.

Sa valise était prête et le dernier roman policier de son auteur préféré, Agatha Christie, était posé au-dessus.

Le vœu le plus cher d'une servante

Sweet Susie, c'est ainsi qu'on l'avait appelée, dans sa jeunesse. Comme tout cela semblait lointain. Certes, les années n'avaient pas été cruelles avec elle, cependant nul ne pouvait ignorer les petites rides aux coins de ses lèvres et autour de ses yeux, d'un vert émeraude éclatant.

Susan Dashwood avait désormais atteint l'âge de quarante ans et elle avait l'impression, certains soirs, d'en avoir soixante. Avec la routine acquise au cours de ces longues années, elle était, le matin, une des premières à se réveiller et pouvait ainsi faire sa toilette, en toute sérénité. Elle appliqua, derrière ses oreilles, un soupçon d'eau de lavande, brossa ses boucles blondes, pour les faire briller et noua ensuite ses cheveux avec un ruban bleu marine. Elle attacha alors son tablier autour de la taille, jeta un dernier regard dans le miroir et sa journée de travail pouvait alors commencer.

Son service dans la maison de son employeur, Sir Thomas Cuthbert Tirell, lui avait coûté des efforts titanesques. La maîtresse de maison était une femme difficile. La position respectable de son époux au sein de la Chambre des communes avait été la cerise sur le gâteau de son union. Susan avait eu plus d'une fois l'impression que cette dame siégeait et trônait elle-même à cette assemblée. Le fait est qu'elle se comportait ainsi avec le personnel domestique du somptueux hôtel particulier de Mayfair.

Son mariage avait été une de ces unions arrangées,

comme on les connaît dans les romans de Jane Austen. Homme fortuné, au nom prestigieux, épouse femme encore plus nantie. Apparence physique et amour ne figuraient pas parmi les critères décisifs.

Il n'était pas rare que les époux, quelques années après leur union, n'eussent plus grand-chose à se dire. Sir Thomas passait ses journées au parlement et, de retour chez lui, il s'enfermait dans son bureau. La dame de la maison, quant à elle, passait ses journées à faire quelques emplettes, elle se rendait à l'institut de beauté – qui, soit dit en passant, ne pouvait apporter de réelles améliorations – rencontrait d'autres dames de même acabit, oisives elles aussi. Son passe-temps préféré était, cependant, de harceler et persécuter le personnel.

Et comme dans les romans de Jane Austen, il fallait, coûte que coûte, sauver les apparences : en présence de tiers, elle s'évertuait à donner une toute autre image. Rien ni personne ne devait porter atteinte à la position de prestige de Sir Thomas Cuthbert Tirell, ou l'ébranler par un quelconque scandale. Un divorce portait un coup fatal à l'image, entachant immanquablement le nom et l'honneur et marquait alors le début du déclin social.

Susan venait à peine d'achever ses besognes matinales que déjà la maîtresse du logis carillonnait. Une des tâches incombant à Susan était de prêter main forte à la bonne de la dame de la maison, au besoin. Cela signifiait que c'était toujours de sa faute, lorsque quelque chose allait de travers. Elle poussa un long soupir, puis se dirigea vers la chambre de sa maîtresse. Quel était le problème, cette fois-ci?

Dans l'escalier qui menait à l'étage, elle rencontra le majordome de la famille, un vieux croûton, sec et sans la moindre once d'humour. Son visage faisait plus penser à un citron pressé qu'à un être humain.

« Dépêchez-vous! Madame est pressée par le temps, ce matin. Un courrier pour vous a été remis à l'office. Vraiment! En voilà des manières! Déposer purement et simplement une lettre sur le seuil de la porte, devant la maison. Faites observer à l'auteur de cette lettre que nous ne tolérons pas un tel comportement ici. Et maintenant, allez ! Et plus vite que ça ! Filez ! »

Susan fit une courte révérence et poursuivit son chemin. De quel courrier pourrait-il s'agir ? Elle n'attendait rien de particulier. Sa famille était dispersée aux quatre coins du monde et elle n'avait, pour ainsi dire, aucun contact ou presque. Cela devrait attendre jusqu'au soir. Elle avait bien trop à faire.

Sans la moindre surprise, Susan constata qu'il y avait, une fois de plus, de l'orage dans l'air dans les appartements de Son Altesse, la maîtresse de céans, qui lui ferait porter le chapeau, à elle, Susanne. À peine fit-elle un pas dans la pièce, qu'elle fut accueillie par un regard courroucé.

« Pourquoi ne peut-on pas prendre un bon bain brûlant, quand on en a envie, dans cette maison ? Cette fois encore, l'eau était tout juste tiède. Faut-il donc que je prenne tout en main, ici ? Remplissez enfin vos obligations, sinon allez-vous-en ! Je suis sûre que plus d'une jeune fille serait heureuse de prendre votre place. Maintenant, apportez-moi une tasse de thé et ne traînez pas ! » D'un air hautain et les sourcils froncés de mécontentement, la dame se tourna vers le magnifique miroir en cristal et la femme de chambre lui enfila sa robe de chambre.

Susan fit de nouveau une courte révérence et se retira. Aïe ! Un reproche de plus au sujet de l'eau du bain. Madame prenait tout son temps, avant de grimper dans la baignoire, et entretemps, l'eau avait refroidi, bien sûr.

Susan se hâta d'aller à la cuisine, elle s'empara du plateau pour le thé et s'empressa de monter l'imposant escalier aux larges marches en marbre, pour regagner l'étage, où se trouvaient les chambres. Lorsque Mrs Tirell ne quittait pas la maison, Susan se sentait ces jours-là comme un alpiniste, elle n'arrêtait pas de monter et descendre l'escalier.

Si rien ne la retenait ici, elle aurait quitté cette maison depuis bien longtemps. Mais il n'en était pas question. Elle ne pouvait pas le quitter, jamais.

Le soir vint et avec lui, le maître de maison. La dame de céans avait été conduite à une réception et elle ne serait de retour que tard dans la soirée. Tout était paisible. Sir Thomas travaillait jusqu'à une heure avancée de la nuit et son majordome lui apporta un repas léger.

Susan Dashwood tenait une grande enveloppe grise qu'elle venait d'ouvrir. La petite pâquerette fanée était à peine visible à l'œil nu. La domestique regardait par la fenêtre, les yeux perdus dans le vide. Les yeux embués de larmes, elle regardait les flocons légers d'une blancheur immaculée qui tombaient, sans bruit. « *Comment une si belle journée d'hiver pouvait-elle devenir le soir cauchemardesque* ? », fut sa dernière pensée. Puis, elle se leva, jeta la lettre dans le feu et monta une ultime fois l'imposant escalier en marbre et se rendit dans les appartements de sa maîtresse. Un flacon de somnifères se trouvait dans le premier tiroir de la table de nuit. Dehors, sur le trottoir devant la maison, une silhouette sombre marchait d'un pas lourd dans la neige, en sifflotant un air, *It's only a Papermoon*.

Ce n'est que le lendemain, au petit matin, que

l'inspecteur Morris reçut l'appel, lui annonçant qu'il devait enquêter sur un nouveau suicide.

Londres

Le dégel était arrivé et tout autour de Parsley Manor, se dressaient des amas de neige à moitié fondue, d'un gris sale.

Gonzalès avait rangé la petite valise marron de Beanstock dans le coffre de la Bentley et se dirigea vers la maison, pour y récupérer son sac de voyage.

Mr Beanstock se tenait à l'entrée et donnait des dernières recommandations à Mrs Argyle.

« Vous trouverez sur mon bureau l'adresse, à laquelle vous pouvez me joindre, en cas d'urgence ; même si je ne pense pas que ce soit nécessaire. Si la pension, où nous séjournerons, dispose d'un numéro de téléphone, je vous le communiquerai. Je vais tâcher d'être de retour dès que possible. »

Mrs Argyle contempla le majordome, inquiète.

« Tout va se dérouler pour le mieux, à la plus grande satisfaction des baronnets et également à la vôtre. Ne vous inquiétez pas ! Prenez soin de vous et joyeux *Noël*, Mr Beanstock ! »

Le majordome toussota, boutonna son long manteau d'hiver noir. De la tête, il fit un léger signe d'encouragement au personnel réuni devant la porte.

Le chauffeur, assis au volant de la voiture, avait laissé tourner le moteur. Beanstock prit place à ses côtés. Gonzalès lança une œillade complice à Lizzy, la nouvelle domestique, ce qui lui valut une observation de Beanstock.

Le chauffeur mit la voiture en marche et quitta l'allée à vive allure, en sifflant un air joyeux et écopa d'un nouveau blâme.

« On peut aussi bien se taire, Mr Beanstock. En fait, je pensais que c'est bientôt *Noël*, on va à Londres et… » tenta d'expliquer Gonzalès.

« Señor Gonzalès, je préférerais que vous vous concentriez sur la circulation et veilliez à ce que rien de fâcheux n'arrive à la Bentley. Nous voulons la restituer en parfait état, n'est-ce pas? » l'interrompit Beanstock, qui prit conscience au même moment de la dureté de ses propos. Mais il souhaitait mettre de l'ordre dans ses pensées et il n'avait pas vraiment besoin de diversion.

Le trajet jusqu'à Londres durerait bien deux heures. Les conditions de la route n'étaient pas optimales et au fur et à mesure qu'ils approchaient de la capitale, la température devenait de plus en plus glaciale. La chaussée était glissante et Gonzalès dut réduire sa vitesse. L'après-midi était déjà bien avancée, lorsqu'ils laissèrent derrière eux le petit district de Bromley, en banlieue de Londres. Ils arrivèrent enfin à Forest Hill. La circulation devint particulièrement difficile et les voitures étaient immobilisées ou presque. Gonzalès et Beanstock furent soulagés, lorsque la Bentley roula enfin sur le Waterloo Bridge.

La neige s'était mise de nouveau à tomber ; les rues et les trottoirs de la capitale étaient encombrés d'impressionnants tas de neige. Cependant, la neige ne parvenait pas à cacher complètement les effroyables ravages de la guerre, elle les avait tout simplement recouverts de son blanc manteau, comme pour les mettre à l'abri des regards et les effacer de la mémoire. Avec une aisance parfaite, Gonzalès évita soigneusement les amas de neige. Lorsque les deux voyageurs arrivèrent enfin à destination, les gens se pressaient dans les rues étroites de Marylebone, emmitouflés dans leurs gros manteaux et les bras chargés de paquets cadeaux colorés. Le chauffeur gara l'élégante Bentley grise devant le numéro 116 B de la Baker Street.

Beanstock consulta son petit calepin noir.

« Il semble que ce soit l'adresse exacte. Mr Black a avisé de notre arrivée. Il n'est pas rare que des membres de notre illustre société séjournent dans cette pension. »

« Avi…quoi ? Moi qui pensais que nous allions dormir dans une maison ! *Qué horror !* » râla Gonzalès, en gratifiant Beanstock d'un regard mêlé de désespoir.

« Aviser signifie tout simplement que la pension est au fait de notre venue. »

« Bon sang ! Alors, pourquoi vous ne le dites pas tout simplement, Señor Beanstock ? Vous êtes vraiment très bizarre, des fois. »

Beanstock ouvrit la bouche, pour la refermer immédiatement. Il s'abstint de tout autre commentaire. Au même moment, la porte de la maison avec le numéro 116 B s'ouvrit.

C'était une bâtisse haute et extrêmement étroite, en briques grisâtres, sur un socle d'un gris clair, qui avait dû être, autrefois, d'une blancheur immaculée. Deux marches menaient à la porte exiguë, que semblaient écraser, de part et d'autre, deux immenses colonnes de forme courbe.

On eût dit que la porte marron foncé livrait une lutte acharnée, pour se frayer tant bien que mal une place. De grandes fissures dans le vieux bois laissaient deviner que cela avait été tout sauf facile. Tout aussi étroite et protégée

44

par de solides barreaux d'acier, une imposte vitrée, à meneau, surplombait la porte. Le tout donnait l'impression que la maison avait était coincée entre les deux imposants exemplaires de la Baker Street, comme si on avait négligé de la construire et vainement essayé, après coup, de réparer ce malencontreux oubli et combler, ainsi, l'espace béant.

Une enfant sortit de la maison et descendit les marches, en sautillant. On voyait juste pointer son petit nez sous l'énorme bonnet et par-dessus la grosse écharpe colorée. De ses mains, cachées dans des moufles, elle essayait, sans succès, de redresser son bonnet.

Derrière la petite fille, apparut une vieille femme dans l'embrasure de la porte. Elle portait une longue robe de laine, démodée et rehaussée de dentelle et un châle de laine jeté autour des épaules. Ses cheveux étaient gris comme l'épais brouillard qui enveloppe Londres et formaient un nuage de duvet au-dessus de la tête. Une paire d'yeux gris clair souriaient derrière des lunettes en écaille. Elle fit un pas et empoigna le manteau de la fillette. Les deux hommes, assis dans la luxueuse limousine, écoutèrent, fascinés, l'échange qui s'ensuivit.

« Tu es habillée trop légèrement. Il vaut mieux que tu restes plutôt à la maison ! » disait la vieille dame, tout en tenant fermement le manteau de la petite.

« Non ! Je suis trop chaudement habillée! Mamie, retire-moi un vêtement. »

« Le froid est mordant ! Tu vas prendre froid. Mets donc ces couvre-chaussures. » lui conseillait la vieille dame, tout en sortant de sa poche une paire de chaussettes, qui avaient une forme bizarre.

« Jamais de la vie ! Il est pas question que je sorte avec ces trucs-là ! » La fillette se débattait, pour échapper à la

45

poigne énergique de sa grand-mère.

« Regarde les trottoirs. Ils sont glissants et couverts de neige… Tu vas tomber, te casser la jambe, le docteur devra venir, tu vas crier, tu vas te débattre. Et pour toi, Noël sera fichu. »

« Mes copains m'attendent ! Et quand ils me verront, ils vont sûrement penser, un énorme monstre s'en vient ! » L'enfant, de plus en plus furieuse, haussait le ton de la voix.

« Bartholomée ne quitte pas la maison ! » fit remarquer la vieille femme.

« Oh ! Ne l'appelle pas comme ça, et surtout pas quand il est là. Il déteste ce prénom ! »

« Il s'appelle Arthie et il déteste ce prénom et quand tu l'appelles, il ne vient jamais ! »

Le regard de la fillette se posa, curieux, sur les visages des deux messieurs, assis dans la Bentley. Elle repoussa, une nouvelle fois, son bonnet et se retourna vers la maison.

« Ce sont peut-être les clients que tu attends, mamie ? »

La dame jeta un coup d'œil vers le véhicule.

« Oh ! Comment cela m'est-il sorti de la tête ? » Elle libéra l'enfant de son emprise et se hâta vers la voiture.

C'est ce sur quoi la gamine avait secrètement misé. Elle ne devait pas laisser passer pareille aubaine. En un instant, l'écharpe voltigea, pour atterrir sur le sol, suivie du bonnet, sous lequel - comme Beanstock le constata, amusé - un second fit son apparition. La fillette prit les jambes à son cou et en un clin d'œil, elle avait disparu à l'angle de la rue.

« Doux Jésus ! Cette enfant va m'enterrer avant l'heure ! » se lamentait la vieille dame, en ramassant, un à un, les vêtements jetés à terre. Elle se retourna, ensuite, vers les deux messieurs, qui étaient descendus de la voiture.

Gonzalès mit sa casquette, frotta les mains l'une contre l'autre et sortit les bagages du coffre de l'automobile. Mr Beanstock s'inclina légèrement.

« Mrs Parish ? Vous a-t-on avertie de notre venue ? » Derrière le majordome et à l'abri de son regard, Gonzalès roula des yeux.

« Enchantée, messieurs Beanstock et Gonzalès, c'est bien ça ? Effectivement, Mr Black, ce brave homme, a réservé pour vous. J'ai préparé deux chambres pour vous. En fait, je n'ai que ces deux chambres ; mais on a quand même l'impression qu'il y en a un peu plus, lorsque je dis à mes clients, J'ai préparé deux de mes chambres, vous comprenez ? »

Son regard parcourut l'étroite façade de la bâtisse.

« C'est une maison toute fine et exiguë. Mais vous verrez, à l'intérieur, elle est plus spacieuse qu'il n'y paraît. »

La porte semblait ne pas partager cet avis et paraissait verser de chaudes larmes. De petites rigoles de neige fondue coulaient du toit et ruisselaient sur le bois.

Beanstock n'était pas vraiment sûr de saisir comment une maison pouvait être à l'intérieur plus grande qu'à l'extérieur, ni comment elle pouvait être fine et pas tout simplement étroite. Il était curieux… Qui sait ? Peut-être serait-il surpris ? Ou alors, la propriétaire s'exprimait tout simplement de façon étrange. Mrs Parish précéda les deux messieurs. Ils longèrent un long couloir très, très étroit dont le papier peint avait un peu perdu de son éclat, au fil du temps, mais qui demeurait néanmoins ravissant avec ses superbes motifs fleuris d'un rose tendre.

Tout au bout du couloir, une porte grande ouverte, donnait sur une pièce lumineuse, au fond de laquelle une large baie vitrée, occupant presque tout le mur, s'ouvrait sur le jardin enneigé où trônait un arbre gigantesque. À droite et à gauche de cette porte, se trouvaient deux autres portes, qui étaient fermées.

« À droite, vous avez ici ma cuisine et à gauche la salle de séjour, où vous pouvez rester, bien sûr, lorsque j'y fais du feu. Sur chacun des deux étages supérieurs se situent deux chambres à coucher : au premier étage, les chambres pour les invités et au-dessus, celle de ma petite-fille et la mienne. Le salon est à l'arrière de la maison et donne sur le jardin. Je me ferai un plaisir de vous y servir le thé l'après-midi, si vous le souhaitez. Le petit-déjeuner, simple et frugal, est à huit heures précises. Je vous prie d'être ponctuels. »

La propriétaire de la maison sourit aux deux messieurs, d'un petit air satisfait.

Beanstock se demandait justement, comment on pouvait accéder au second étage, lorsque Mrs Parish ouvrit une porte, derrière laquelle le majordome avait pensé être un placard. Un escalier à colimaçon étroit apparut. Mrs Parish montra vers le haut, d'un signe de la main et déclara, avec un sourire : « Donc, vos chambres sont au premier étage. Je vais mettre de l'eau à bouillir pour le thé et je vous attends dans le salon. Il vaut mieux que vous laissiez vos manteaux ici. » Elle prit les gros vêtements et les suspendit soigneusement sur une patère.

« Avez-vous le téléphone, Mrs Parish ? » s'enquit Mr Beanstock.

« Si j'ai le téléphone ? Que croyez-vous donc? Nous sommes ici dans la Baker Street. Evidemment, j'ai le téléphone. Il est au salon. » répondit-elle, légèrement vexée.

Beanstock toussota et bouscula Gonzalès, afin que celui-ci le précède et monte rapidement les escaliers. Ce n'était pas chose aisée, d'autant plus que le chauffeur portait la valise du majordome et son propre sac. Là-haut, deux chambres, aux portes grandes ouvertes, se trouvaient à chaque extrémité du minuscule couloir. Et tout là-haut, sur la marche palière, un magnifique chat roux se prélassait. De ses yeux mi-ouverts, il fixa le malotru qui avait l'audace de le déranger, droit dans les yeux.

Beanstock, juste derrière Gonzalès, continuait son ascension et Gonzalès n'eut pas le temps de chasser le félin. Il tenta, d'un pas de géant, de l'éviter et s'affala lourdement, les bagages à la main. Il s'en fallut d'un cheveu qu'il n'atterrît contre la porte ouverte de la chambre.

Le chat, impassible, ne bougea pas d'un cil. Ce n'est que lorsqu'il entendit un cliquetis, provenant de la cuisine, qu'il se leva enfin, bâilla à se décrocher les mâchoires et fila comme une flèche vers la source du bruit. Il voulait en avoir le cœur net. En général, il se trouvait alors quelque morceau à se mettre sous la dent sur le sol.

Gonzalès posa la valise du majordome sur le sol de la chambre, à sa gauche. Puis il s'extirpa de la pièce, non sans peine et entra dans la chambre, immédiatement à sa droite. Les deux pièces étaient meublées à l'identique : un lit simple en chêne foncé, porté à chaque angle par une haute colonne en bois tourné et torsadé. Un fauteuil était placé près de la fenêtre recouvert d'un tissu au même motif fleuri que le papier peint et juste en face se trouvait une minuscule cuvette de lavabo au-dessus de laquelle se dressait un miroir. Malgré l'étroitesse de l'endroit, il se dégageait de la chambre une atmosphère des plus douces et intimes. Elle était très conviviale et agréablement chaude.

On frappa à la porte. Beanstock était occupé à suspendre méticuleusement ses vêtements sur une patère, qui ne donnait pas vraiment l'impression d'être particulièrement stable.

« Entrez ! » lança-t-il, alors qu'il rattrapait de justesse un pantalon, sur le point de tomber.

Gonzalès apparut à la porte.

« Señor Beanstock, regardez ! Rien de plus simple ! » Il se dirigea vers le mur contre lequel se tenait la petite vasque et, à l'immense surprise de Beanstock, il tira sur le mur et sous le papier peint, s'ouvrit une porte sur une tringle avec de nombreux porte-manteaux.

« Vous voyez? On a pensé au moindre détail. Je trouve incroyable qu'on ait, dans cette petite chambre, suffisamment de place, pour tout ranger. Ce n'est pas tout simplement fantástico ? » Gonzalès était visiblement très emballé.

« Si cela vous plaît tellement, on peut, volontiers, vous trouver une chambre plus petite à Parsley Manor. » fit entendre le majordome, les lèvres retroussées en une moue, qui ressemblait à s'y méprendre à un sourire. Gonzalès lui rendit un regard affolé.

« Oh! Vous êtes vraiment terrible. Vous m'avez fait peur. C'était une blague, c'est bien ça? Vous êtes capable de faire des blagues, Señor? Au fait, est-ce que vous avez découvert où se trouve le cabinet de toilette? » C'est alors que Beanstock prit conscience qu'il manquait un élément de la plus haute importance, dans cette chambre.

« Allons plutôt boire le thé, Gonzalès. Je dois, en outre, passer un coup de fil urgent. » Pendant que Gonzalès jouait de son charme auprès de leur hôtesse, Beanstock se consacra à son appel. Lorsqu'il raccrocha, Mrs Parish se tenait déjà près de lui, une tasse de thé à la main.

« Je suis confus, mais je suis attendu expressément. Veuillez accepter mes plus plates excuses. Je suis certain que le señor Gonzalès se fera un plaisir de boire une deuxième tasse de votre thé délicieux. »

Le chauffeur se leva et l'interrogea du regard. Beanstock refusa d'un geste de la main.

« Je dois régler cette question seul. Vous pouvez disposer du reste de la journée. Vous pourriez peut-être vous rendre chez Madame Tussauds ? Je me suis laissé dire que ce doit être très divertissant. »

Mr Beanstock fit mine de partir et s'empara de son manteau et de son chapeau, dans le couloir. Gonzalès ne semblait pas d'accord et lui emboîta le pas et Mrs Parish accourait, une tasse de thé fumante à la main. Il se trouva ainsi que trois personnes se tenaient dans le couloir exigu et Beanstock essayait à grand-peine de mettre son manteau, tout en prenant garde à n'endommager aucun meuble.

« En fait, señor, je ne connais absolument pas cette Madame Tussauds. Qu'est-ce qui doit y être si divertissant ? »

Le majordome leva les yeux au ciel et se tourna vers Mrs Parish, sollicitant son aide.

« Pourriez-vous expliquer à ce monsieur ce dont je parlais ? Il faut vraiment que je me sauve. »

« Mr Beanstock ! » s'écria la vieille dame, indignée. La tasse de thé vacilla et quelques gouttes débordèrent.

« Je ne suis pas une admiratrice de cet établissement. Ces figures de cire, ces dames et messieurs, sont plantées là et regardent fixement devant elles, dans un mouvement figé ! Ce sont des personnages illustres de la famille royale et tout un chacun peut les observer de près. Cette collection est d'une impudence. Quelle indécence que de faire côtoyer les morts et les vivants. Et comme si cela ne suffisait pas, il a fallu, en plus, qu'on installe au sous-sol un cabinet des horreurs. Et qui plus est, on réclame de l'argent, pour voir de telles horreurs ! Oh, non ! Ne comptez pas sur moi pour expliquer à votre ami ce dont il s'agit. » Sur ces derniers mots elle tourna les talons, pour regagner la cuisine.

Gonzalès avait écouté sa diatribe enflammée, avec un intérêt grandissant.

« Ça, c'est exactement fait pour moi. Mi dios ! Je dois absolument voir ça. Merci, Mr Beanstock. » Il retourna au salon, pour finir sa tasse de thé. Secouant la tête, Beanstock quitta la maison et entra en collision avec l'autre habitante de la maison étriquée. La gamine fila, vive comme l'éclair, pour disparaître dans la maison, Beanstock pensa immédiatement: « *La gamine semble s'être bien amusée!* »

Couverte de neige de la tête aux pieds, elle évoquait un bonhomme de neige. Enregistrant les gros morceaux de neige collant à ses cheveux, il songea: « *Ta grand-mère va te passer un sacré savon, ma petite!* » et il continua son chemin, en pressant le pas.

Il comptait se rendre à cet établissement riche en traditions qu'est l'hôtel *Langham*. Ce n'était pas très loin et il pouvait s'y rendre à pied, sans problème. Il bifurqua à gauche, longea le Manchester Square, une petite place aux arbres dénudés par l'hiver. Il emprunta ensuite la Queen Anne Street et arriva, un peu plus loin, dans la Chandos Street. Peu après, il se trouvait devant l'entrée du prestigieux hôtel.

Fondé en 1865, l'établissement avait été une des cibles des bombardements de la guerre et son aile droite avait été complètement détruite. D'énormes tas de pierre se dressaient un peu partout, en attente de la reconstruction. Lorsque dans les années 30, la BBC avait acquis ce bâtiment, son usage avait été multiple. Hélas, les bombardements dévastateurs détruisirent également un immense réservoir d'eau et des pans entiers de l'hôtel furent sous les eaux. On ne savait pas très bien comment effectuer ces travaux de reconstruction, ni même si l'on souhaitait le conserver. À présent, seules quelques pièces faisaient office de studio d'enregistrement, d'entrepôt ou de bureaux. Les partisans d'une réédification et les opposants se livraient à des débats sans fin et à de violentes prises de bec, les premiers tenant à tout prix à perpétuer la tradition.

En effet, l'hôtel avait revêtu une importance capitale, dans la carrière de certains fils du royaume. Un jour, trois messieurs s'étaient rencontrés dans un salon, envahi d'un épais nuage de fumée de cigares et où flottait une légère odeur de whisky. De leurs discussions étaient nés une nouvelle aventure, pleine de rebondissements, de l'éminemment célèbre détective Sherlock Holmes et le récit épouvantable d'un homme, d'une rare beauté et éperdument narcissique, du nom de Dorian Gray. Le troisième membre de ce club fermé était l'éditeur littéraire, grâce auquel les deux auteurs devaient leur immense popularité et leur réussite. Comment pouvait-on seulement envisager de détruire pareil monument ?

Mr Black

La porte du vénérable établissement s'ouvrit au moment même où Beanstock, méditant sur ces épisodes marquants de cet endroit, arriva devant l'entrée de l'hôtel et leva les yeux vers les fenêtres sombres.

Un vieil homme descendit lentement les marches, pour l'accueillir. Il semblait avoir été secoué vigoureusement, dans tous les sens, comme une boule à neige. Sur son corps rondelet reposait une tête rebondie et à chacun de ses mouvements, ses cheveux blancs virevoltaient autour de son visage bienveillant. Il portait un costume composé d'un pantalon gris à fines rayures, un veston gris foncé et, au grand étonnement de Beanstock, une chemise en soie d'un violet vif et une pochette de costume en soie jaune soleil, au pli tulipe, qui ondulait à chacun des gestes du monsieur. Il s'immobilisa face au majordome, qui le dépassait d'une bonne tête et lui tendit la main.

« *Daisy Chain*, Mr Beanstock ! » dit-il dans un murmure.

Le majordome s'inclina et lui serra la main.

« *Daisy Chain*, Mr Black ! »

D'un geste de la main et sans un mot, le monsieur, le visage éclairé d'un sourire, invita Beanstock à entrer dans l'hôtel. L'intérieur était plongé dans la pénombre. Seules, quelques appliques murales, réparties ci et là, jetaient sur les lieux de petits cercles de lumière voilée et donnaient l'impression d'être dans un couloir dépourvu de fenêtres.

« Veuillez me pardonner cette obscurité. Les fenêtres sont encore recouvertes de tissu sombre. Il semble que cela ne dérange personne. Nous faisons figure de locataires tout juste tolérés. » Le petit personnage haussa les épaules, d'un geste résigné.

« Par chance, notre bureau ne se trouvait pas dans l'aile ouest qui a été complètement détruite. Vous savez peut-être que nous bénéficions de cet arrangement depuis 1866.

Les propriétaires d'alors cédèrent à notre guilde un bureau sous les toits et jusqu'à présent, personne n'y a trouvé à redire. Cependant, depuis que la BBC s'est installée ici, je crains fort que notre présence ne soit plus tolérée pendant encore bien longtemps. Imaginez un peu, on envisage même que ce lieu soit détruit. »

Mr Black s'arrêta un instant et secoua longuement la tête et sa crinière blanche ébouriffée.

« Nous n'avons jamais quitté ces lieux ; même lorsque l'hôtel a dû fermer ses portes, après avoir subi ces gros dégâts des eaux, un Mr Black se trouvait toujours sous les toits. Mon prédécesseur était un homme déterminé. Il fit, à nouveau, authentifier par un notaire l'acte ancien, qui nous attribuait le bureau. Après tout, Sa Majesté, le Prince de Galles, qui allait devenir, par la suite, notre roi Edward VII, a lui-même pris fait et cause pour nous. C'est pour nous un immense honneur. » Il poussa un long soupir.

« Bon ! Nous y voilà ! Saviez-vous que le *Langham* hôtel a été le premier lieu, de tout le royaume, où a été installé un ascenseur hydraulique ? Par chance, il fonctionne à nouveau. Nous devons nous rendre tout là-haut. Emprunter les escaliers aurait été une ascension comparable à celle du Mont-Blanc. » Tout doucement, il pouffa de rire à sa propre plaisanterie.

Les deux hommes montèrent dans la cabine. Au même instant, un vieil homme, portant une boîte à outils d'où montait un cliquetis d'outils en acier, passa d'un pas rapide devant la porte encore ouverte de l'ascenseur. Un sourire aimable éclaira son visage sillonné de rides, lorsqu'il salua Mr Black.

« C'était Edgar Clemm ; il a travaillé autrefois à l'hôtel et il en est désormais le gardien. C'est un brave homme. » souffla Mr Black à Beanstock.

« L'hôtel emploie-t-il encore aujourd'hui d'autres personnes, qui travaillaient autrefois ici ? » questionna Beanstock.

« Pas du tout ! Non ! Le gardien est le seul et dernier des anciens employés. »

Beanstock jeta un regard tout autour de l'habitacle. Le lambris en bois avait, lui aussi, connu des jours meilleurs et on devinait tout de même, sous la fine couche de poussière qui s'y était déposée, un bois chatoyant. Beanstock se dit qu'après un petit coup de chiffon avec la bonne cire à polir de Madame Pottis, il n'y paraîtrait plus. Les doigts lui démangeaient de passer lui-même le chiffon.

Mr Black sortit de la poche de son veston une petite clé dorée avec un petit pompon vert et l'inséra dans une serrure derrière un rabat en bois, qui se confondait discrètement avec le revêtement. Après un léger mouvement vers la gauche, un déclic se fit entendre.

« Messieurs, attendez-moi ! » entendirent-ils une voix résolue leur parvenir du corridor, plongé dans l'obscurité. L'index de Mr Black tressaillit au-dessus du bouton de l'ascenseur. Il sortit la tête de la cabine et scruta le couloir.

Un claquement sec de talons de chaussures se rapprocha. Apparut alors une dame d'un certain âge, qui adressa aux deux hommes un sourire reconnaissant. Elle portait un costume en tweed marron, une blouse bleu foncé et à ses pieds des chaussures confortables avec un petit talon. Pour se parer du froid hivernal, elle avait jeté sur ses épaules une cape en laine. Elle tenait sous son bras un porte-documents en cuir marron, d'où pointait un stylo. Elle lâcha un soupir audible de soulagement, repoussa ses boucles et redressa le dos, d'un geste résolu.

« C'est très aimable à vous, messieurs. Je suis si soulagée que ce satané ascenseur fonctionne. Sinor, ce serait une sacrée trotte, pas vrai ? Oh, s'il vous plaît, appuyez le bouton du troisième étage pour moi. »

Mr Black contempla la dame avec une curiosité non dissimulée. Beanstock en éprouva un certain malaise, dans son honneur de majordome. Il ne seyait guère de dévisager, sans la moindre pudeur, une personne, a fortiori une dame. Il toussota à l'adresse de Mr Black, qui ne se gêna pas de continuer à la regarder fixement.

« Serait-il possible que vous vous soyez trompée de bâtiment, madame ? En ce moment, la BBC ne travaille sur place que de temps en temps. » Mr Black lui posait maintenant, carrément, la question.

Beanstock s'interrogeait sur la santé mentale du monsieur.

La dame sourit joyeusement et secoua la tête.

« Mais non ! Je fais des recherches. En fait, un personnage répugnant a vécu ici, dans cet édifice. Vous devez être certainement savoir de qui je parle. Guy Burgess a occupé un bureau, pendant très peu de temps ; et… » ajouta-t-elle, d'un geste de la main théâtral et le visage fier, « … le juge suprême de Sa Majesté, lui-même, m'a expressément autorisée à visiter les lieux. Et tant qu'à faire,

57

je vais en profiter pour jeter également un coup d'œil à la chambre 333. Vous êtes certainement au courant, non ? » A la dernière phrase, elle avait baissé le ton de la voix en un indicible murmure et les deux messieurs durent se pencher vers elle, pour saisir ses propos.

« Oh ! » laissa échapper Mr Black, « pour autant que je sache, ce Guy Burgess aurait fui le pays et serait en Russie, lorsque ses activités d'espionnage ont éclaté au grand jour. Quelle malchance ! »

Beanstock sentit un frisson lui courir le long du dos et les poils se dresser sur sa nuque. Il se souvenait très bien de ce scandale, qui avait également ébranlé Ses Seigneuries à Parsley Manor. L'éditeur de lady Fedora avait été lui aussi soupçonné d'activités d'espionnage, et avec lui, plusieurs étudiants de Cambridge. Malheureusement, ce dandy, fit preuve de négligence et se fit assassiner ; il réussit ainsi à échapper à son châtiment. Cela avait été extrêmement ennuyeux. Son sens aigu de la bienséance lui interdisait bien sûr de commenter ces faits. C'est alors qu'il entendit la dernière phrase de la dame.

« Et pour cette raison, je vais étudier ce lieu qui a abrité ces actes abominables et voir ce que je peux concocter avec ça. Des recherches approfondies sont pour une bonne histoire ce qu'est le sel pour une soupe réussie, n'est-ce pas, messieurs? » Elle gloussa joyeusement.

« Caressez-vous l'espoir de rencontrer l'esprit de la chambre 333, madame? » Mr Black se permit de jeter un regard amusé à l'adresse de Beanstock et rit à l'étouffée.

La dame joignit son rire aux leurs.

« Je ne crois pas, bien entendu, à ce fantôme, cependant quelques femmes de chambre et le majordome du comte de Thunderbird affirment l'avoir vu, avant la guerre. Quelle bêtise ! À cause d'un chagrin d'amour, enjamber le balcon et se jeter dans le vide ! Ah, vraiment ! Ces princes allemands ! »

Elle secoua la tête, dans un geste d'incompréhension.

L'ascenseur émit un petit ding et ses portes s'ouvrirent, dans un léger grincement, sur le troisième étage.

« Messieurs, je suis ravie d'avoir partagé l'ascenseur avec vous. Je vous souhaite une très belle journée. » Sur ces derniers mots, elle quitta la cabine et le staccato de ses chaussures martelant le parquet s'éloigna et faiblit.

Mr Black la suivait encore du regard, la bouche ouverte, lorsque Beanstock, surpris, lui demanda s'il ne souhaitait pas appuyer sur le bouton pour leur étage.

Le monsieur tourna la tête vers lui, stupéfait.

« Vous n'allez pas me dire que vous n'avez pas reconnu cette dame ? Vous, qui dévorez les romans policiers. C'est La dame que vous admirez tant, d'après ce que j'en sais. Et lorsqu'elle est devant vous, là, vous n'êtes même pas fichu de la reconnaître ! »

Beanstock en oublia instant sa formation sobre de majordome et bondit hors de l'ascenseur, dans le couloir. Elle avait disparu. Il toussota, réajusta son veston et pénétra, d'un pas délibérément mesuré, dans la cabine. Il n'accorda pas un regard à Mr Black. Beanstock s'appliqua à regarder droit devant lui. Seul, un de ses yeux clignait nerveusement.

Avec un sourire malicieux aux lèvres, Mr Black lui tourna le dos et pressa le bouton pour le bureau sous les combles. Les portes se refermèrent avec une extrême lenteur et l'ascenseur put continuer son ascension.

« Un regard ! Avez-vous remarqué ses yeux, mon brave Beanstock ? Sous le regard perçant de ses yeux magnifiques, j'ai presque eu, un court instant, la désagréable sensation d'être en sous-vêtements devant cette dame. Aussi rusé qu'il soit, aucun criminel n'a la moindre chance face à de tels yeux de lynx, pas vrai ?! »

Tandis qu'avec un petit couinement, s'ouvraient doucement les portes sur l'étage mansardé, Beanstock découvrit une pièce, où la lumière du jour peinait à percer. Une lueur blafarde filtrait à travers une grande fenêtre en arc demi-circulaire. Semblables à de minuscules pyrales, de fines particules de poussière dansaient dans le cercle lumineux. Il ne voyait aucune porte. Ici, sous les combles, il n'y avait jamais eu ni chambres pour les invités de l'hôtel, ni même bureaux. C'était un monde à part, au sein même de l'activité frénétique de l'hôtel.

Chacun des côtés de la tour carrée était flanqué d'une haute fenêtre qui allait jusqu'au sol et au centre de la pièce se trouvait la cage d'ascenseur.

Mr Black alla à sa droite et disparut dans l'obscurité. Beanstock entendit alors le déclic d'un interrupteur et comme par magie, la pièce s'éclaira peu à peu, pour dévoiler ses trésors.

Il pouvait maintenant admirer les anciennes appliques murales en verre taillé, qui évoquaient des gouttes suspendues sur le mur.

À droite de la pièce, trônait un imposant secrétaire foncé, devant lequel se trouvait un fauteuil recouvert de cuir, sur lequel de nombreux Mr Black s'étaient assis. Sur le bureau, traînaient une multitude de dossiers et de bouts de papier épinglés. Beanstock sentit une nouvelle fois les doigts lui démanger : il aurait volontiers mis un peu d'ordre dans ce chaos.

Devant chacun des murs, de part et d'autre des fenêtres,

se dressaient des étagères en bois foncé, surmontés de corniches finement sculptées. Ces bibliothèques étaient pleines à craquer de livres, qui s'étaient accumulés au fil du temps.

Le petit bonhomme se dirigea, d'un pas vif, vers une imposante cheminée en marbre blanc, dans le coin gauche de la pièce. Il saisit une cassette sur le chambranle de la cheminée, gratta une longue allumette, qu'il tînt au-dessus du tas de bois. En quelques secondes, de belles flammes montèrent dans l'âtre et bientôt une douce chaleur enveloppa la pièce fraîche. Mr Black se frotta les mains, l'une contre l'autre.

« Ces temps-ci, nous ne pouvons pas vraiment compter sur le chauffage central. Brusquement, il s'arrête de fonctionner, sans crier gare. Sans notre gardien, notre bon Edgar, nous aurions depuis belle lurette des stalactites de glace, qui nous pendraient au nez. En général, il réussit à persuader cette vieille dame Langham de faire preuve de bonté envers les résidents de l'hôtel. C'est pourquoi nous pouvons nous estimer heureux d'avoir notre propre cheminée. Nous sommes assurés que notre bureau, au moins, est chaud. » D'un geste de la main, il invita Beanstock à le rejoindre, près du feu et tendit ses mains vers la chaleur naissante.

Ensuite, il débarrassa le majordome de son manteau et de son chapeau et suspendit avec moult précaution le vêtement sur le porte-manteau, près de l'ascenseur. D'un geste désinvolte et élégant, il fit voltiger le chapeau, qui se posa sur un crochet.

Devant la cheminée, un vieux tapis d'Orient, quelque peu élimé, recouvrait le parquet de vieux chêne du bureau. Deux canapés verts, de style victorien, dont on pouvait à

61

peine entrevoir le ramage défraîchi, étaient placés sur le tapis, de part et d'autre de la cheminée. Ils encadraient une table ronde, aux pieds délicatement incurvés, sur laquelle était disposé un plateau avec deux élégantes tasses de porcelaine et un sucrier en argent.

« Mon cher Beanstock, avant de nous asseoir, pour boire notre thé, je souhaiterais vous montrer quelque chose. Je n'ose même pas imaginer que cela puisse avoir un lien quelconque avec les deux suicides. Et pourtant, il me semble qu'il y ait bel et bien un rapport étroit entre ces deux tragédies. Je ne peux pas me l'expliquer. »

Mr Black se dirigea vers la cage de l'ascenseur, ouvrit une vieille porte. Des lampes rondes, ancrées au plafond, éclairèrent un décor, qui laissa Beanstock pantois. Des étagères se dressaient jusqu'au plafond ; elles débordaient de parchemins, de dossiers, de livres grands et minces, comme ceux utilisés pour la comptabilité, de coffrets et de boîtes, aussi loin que les lampes projetaient leur lumière.

Et au milieu de tous ces livres, reposait une pile de lettres retenues par un ruban. Le papier jauni laissait penser qu'elles ne devaient pas dater d'hier.

À gauche du mur, une étagère était renversée, son contenu éparpillé tout autour, en un extraordinaire fouillis de papiers déchirés, froissés, et de dossiers éventrés. Mr Black grommela doucement, attristé devant ce chaos sans nom.

« Lorsque j'ai découvert le bureau dévasté, je n'ai touché à rien et j'ai tout laissé tel quel. J'ai simplement mis un peu d'ordre au premier plan, sur mon secrétaire. Je souhaitais que vous mesuriez l'ampleur des dégâts. Vous n'avez tout de même pas pensé que ce bureau est toujours ainsi ? » demanda Mr Black à Beanstock, le regard interrogateur. L'expression peinte sur le visage du majordome, les yeux écarquillés, ne lui avait pas échappé et l'avait quelque peu désarçonné.

« Que s'est-il donc passé, Sir ? » le questionna Beanstock, le souffle court.

« Que vous dire ? Je l'ai trouvé ainsi, il y a quelques jours. Je m'en souviens, comme si c'était aujourd'hui : c'était un lundi et je rentrais de Cornouailles, où j'avais rendu visite à ma sœur. La pauvre vieille était souffrante et éternuait comme un éléphant… » Il s'arrêta net, lorsqu'il prit conscience que cette histoire n'avait rien à voir avec ce chaos. Il toussota, gêné.

« Avez-vous informé la police ? » s'enquit Beanstock.

« Vous savez bien que cela ne fonctionne pas ainsi, au sein de notre organisation. Nous avons eu recours à vous, après qu'un de nos membres en a expressément émis le souhait. »

Le regard de Beanstock se couvrit d'un voile de tristesse.

« Mrs Hortense Peachwood… Pouvez-vous me dire quand, selon vous, a eu lieu l'effraction ? demanda-t-il à voix basse.

« J'étais une semaine en Cornouailles. Je suis revenu le huit décembre et c'est alors que j'ai constaté cette pagaille. Un détail est, cependant, troublant. On ne peut prendre l'ascenseur, pour accéder à ce bureau, sous les combles, qu'avec une clé spéciale et j'en suis le seul et unique détenteur. Cette clé est à exemplaire unique et je l'ai toujours sur moi. »

Mr Black glissa à son interlocuteur un regard perplexe.

« Que sont ces documents ici ? Certains renferment-ils des informations confidentielles ? Que pourrait avoir

63

cherché l'intrus ? Avez-vous connaissance, si quelque chose de particulier manque ? » Sur ces derniers mots, Beanstock posa la main sur une pile de dossiers, sur l'une des étagères, comme si les papiers pouvaient lui révéler qui avait troublé leur repos bien mérité.

Une fois encore, Mr Black laissa échapper un long soupir, il respira bruyamment, visiblement irrité.

« À présent, buvons notre thé. Il réchauffera les pensées qui se bousculent dans nos têtes et peut-être nous rapprochera-t-il également de la vérité ? »

Il alla vers le minuscule coin cuisine de la pièce. Peu de temps après, il réapparut, tenant un plateau, une théière bleue en porcelaine, d'où s'échappait l'arôme sublime de thé Earl Grey et une petite soucoupe pleine de biscuits foncés.

Entretemps, une chaleur agréable s'était diffusée tout autour de la cheminée. Mr Black rajouta une bûche de bois épaisse, tandis que Beanstock se demanda, une nouvelle fois, qui pouvait bien aider le vieux monsieur à tout monter jusqu'à cet étage.

Les deux messieurs dégustèrent une première tasse de thé dans le silence le plus parfait, puis Beanstock reposa doucement la tasse sur sa sous-tasse et pria Mr Black à voix basse : « Parlez-moi donc un peu d'Hortense. »

Mr Black lui relata les rares détails, dont il avait pris connaissance.

« Donc, il s'agissait bien d'un suicide ? » émit Beanstock doucement.

« Cela en a tout à fait l'air, très cher. Mais il y a là-aussi, un détail troublant. Quelques jours avant qu'elle ne se donne la mort, Mortimer James Bensonman, le majordome de Lord of Pearpie, s'est pendu. Il a confié la broche à la pâquerette à la gouvernante, avec qui le liait une longue amitié. Tout à coup ! Comme ça ! De façon tout à fait inattendue ! Selon les propos que m'a tenus cette dame. Le matin même de cette tragédie, rien ne laissait penser qu'il commettrait cet acte désespéré. Et après… » Mr Black sembla avoir le souffle court. Il prit une inspiration profonde.

« Il y a deux jours, Susan Dashwood, la servante, employée depuis de nombreuses années par la famille Tirell, est décédée, après avoir pris une dose mortelle de somnifères. Et là aussi, aucun signe avant-coureur, laissant présager ce drame. Rien n'a été trouvé près du corps de la pauvre fille. »

Beanstock plissa le front.

« Un suicide parmi les membres de notre confrérie pourrait encore passer pour un simple fait divers, un drame courant, si je puis me permettre. Mais trois personnes, arrachées à la vie, par suicide, en un laps de temps si court, cela me semble plutôt improbable. Je dois d'abord m'entretenir avec la gouvernante de la famille Tirell. Nous parlons du député Tirell, c'est bien ça ? Le membre de la Chambre des communes ? »

Mr Black hocha la tête, en signe d'acquiescement. Ses cheveux blancs voltigèrent autour de son visage. « Je me suis déjà renseigné. Le majordome est tout à fait disposé à parler avec vous, en toute discrétion, cela va sans dire ! Dans la maison des Shamway, par-contre, il s'est de tout temps avéré compliqué d'établir un contact. La nouvelle nourrice fait partie de notre organisation et elle a tenté de glaner quelques informations auprès de la fille de Mr et Mrs Shamway, Marlène Winestein, qui aimait beaucoup Hortense. Cela a été une entreprise difficile, d'autant plus que, tout récemment, Mrs Winestein est devenue maman et son père tente par tous les moyens de lui épargner tout souci et il la tient donc soigneusement à l'écart. »

« Qui se charge de l'enquête ? »

« L'inspecteur Morris, de Scotland Yard. Par chance, il s'agit d'une vieille connaissance. Notre rencontre remonte des années en arrière, lors d'un accident malheureux survenu, ici, à un des employés de l'hôtel. » Mr Black secoua la tête d'un air triste.

« C'est une véritable tragédie ! Une jeune fille fit une chute par la fenêtre du quatrième étage. Les circonstances de sa mort n'ont jamais été clairement élucidées. Le Mr Black de l'époque démissionna de ses fonctions et je pris alors les rênes de *Daisy Chain*. »

« Il faudra que je m'entretienne également avec l'inspecteur Morris. Est-il au fait des activités de notre guilde ? »

« Non ! Et nous souhaitons vivement qu'il en reste ainsi, mon brave Beanstock. »

La théière et les tasses des deux messieurs furent, une fois de plus, bien remplies de thé délicieusement frais et Beanstock jugea bon de revenir sur l'effraction. Il avait remarqué que cette lugubre histoire était désagréable au président de la guilde *Daisy Chain*. Son intuition, toutefois, lui soufflait que ce détail était loin d'être anodin.

« Mr Black, je dois absolument savoir ce qui se trouve dans ces dossiers, que vous conservez soigneusement. Avez-vous découvert si quelque chose de particulier manque ? Je ne peux vous aider que si je détiens toutes les informations nécessaires. »

Mal à l'aise, Mr Black s'agitait sur sa chaise. Il s'accorda une autre gorgée généreuse de son thé brûlant, avant de se confier.

« Lorsque j'ai pris mes fonctions ici, j'ai reçu les consignes d'usage de mon prédécesseur. Il remit en ma possession la clé, les documents de ce bureau et mon acte de nomination. » Il fit une courte pause et reprit son souffle. « On me mit dans le secret de certains évènements survenus dans le passé. »

Il déglutit avec bruit.

« Les membres de notre société secrète sont tenus à porter à notre connaissance le moindre incident, aussi anodin puisse-t-il lui paraître. Nous souhaitons, ainsi, leur garantir une certaine sécurité, s'il devait surgir un problème quelconque sur leur lieu de travail. Nous pouvons alors leur venir rapidement en aide. Il s'agit en général de simples délits, comme dans le cas de cette lady. Son nom importe peu. Elle avait un petit faible et aimait s'emparer d'objets. Vous voyez ce que je veux dire ? »

Beanstock secoua la tête en signe de dénégation.

« Elle raffolait d'objets et ce qui s'en suit… vous comprenez ? »

Beanstock ne saisissait toujours pas.

« Bon sang ! C'était une cleptomane de haut vol. Le personnel, lui-même, n'était pas à l'abri de ses convoitises. Toutes sortes d'objets disparaissaient en permanence : des calepins, des stylos, des broches de pacotille et même, imaginez un peu, le sous-vêtement d'un chauffeur… euh !! Non, non ! Je crois qu'il s'agit, là, d'une autre histoire. »

Les sourcils de Beanstock se haussèrent jusqu'à la ligne de cheveux au-dessus de son front.

« En tout cas, le personnel sut rapidement à quoi s'en tenir avec leur maîtresse et nous aussi. Et soudain, tout s'embrasa : un jour, la police frappa à la porte de leur demeure. À ses côtés, se tenait un représentant du grand magasin Selfridges. C'était très embarrassant et l'affaire ne se régla que moyennant une forte somme, que dût verser l'époux de cette lady. Vous avez là un exemple des secrets que nous conservons ici. Sait-on jamais s'ils peuvent s'avérer un jour d'une quelconque utilité. »

« Qui a connaissance de ces dossiers, Mr Black ? »

« Chacun des Mr Black, ainsi que les deux autres suppléants, Mrs Red, en Écosse et Mr Green, au Pays de Galles. Oui, c'est bien ça ! Et bien sûr, les personnes, dont nous détenons ces informations, que nous archivons ici, sont également au courant. Sinon, vous êtes la première personne, extérieure à ce cercle fermé, à jeter un regard à nos archives. »

« Voilà qui est intéressant ! » songea Beanstock et il plissa les yeux en deux fines fentes. « Mr Black, il est absolument essentiel de découvrir si quelque chose a été dérobé et le cas échéant, ce qui a été volé. Vous ne devez pas perdre une seule minute et vous atteler à cette tâche, en vérifiant dans chaque dossier. »

Le monsieur aux cheveux blancs blêmit.

« Pouvez-vous seulement imaginer combien de ces dossiers sont entreposés ici? Ah ! C'est vrai ! Vous avez été, à l'intérieur avec moi, » se rappela-t-il soudain et Beanstock eut l'impression - et ce n'était pas la première fois ! - que son interlocuteur semblait être complètement dépassé par sa fonction à la tête de l'organisation.

Mr Black s'enfonça dans son fauteuil, en poussant un long soupir.

« C'est un miracle que je puisse compter sur Prissy. »

Beanstock fixa un regard étonné sur le visage, maintenant rayonnant, de Mr Black.

« Je puis me permettre de vous demander qui est Prissy, Sir ? »

« Miss Priscilla Pruster est ma secrétaire, évidemment. Vous ne pensez tout de même pas que je parvienne à moi seul, à venir à bout de tout ce travail, là ? » À ce moment précis, Beanstock fut plus que jamais convaincu que Mr Black en était parfaitement incapable.

« C'est la perle, la bonne âme de notre bureau. Sans elle, je me perdrais dans toutes ces archives. Elle travaillait déjà pour mon prédécesseur et avant cela, en tant que standardiste de l'hôtel, elle jouissait de la haute estime de tous. »

Beanstock eut l'impression que le vieux monsieur se laissait emporter par son enthousiasme.

Le visage transfiguré, Mr Black poursuivit son récit.

« Savez-vous que c'est elle qui s'est chargée de brancher ces toutes petites fiches dans ces minuscules prises ? Et de sa voix envoûtante et merveilleusement chaleureuse, elle demandait : *Hôtel Langham, où les rêves deviennent réalité, que puis-je faire pour vous, Sir ?* L'atmosphère de l'hôtel était, autrefois, sublime, intime et tout simplement magique. Il rayonnait d'une aura et d'un prestige, d'un charme fou qui… »

Lorsqu'il remarqua l'expression de stupéfaction, peinte sur le visage de Beanstock, il mit un frein à son exaltation.

« Nous disions donc qu'elle est très familière avec les lieux et elle en connaît un rayon sur ces dossiers. »

« Alors, elle sait aussi ce qu'ils renferment, Mr Black ? Quand suis-je attendu par le majordome de la famille Tirell ? »

« Il vous recevra demain à seize heures. Vous pourrez également vous entretenir demain avec l'inspecteur Morris, dans ses bureaux de Scotland Yard, de préférence aux alentours de dix heures. De même, je vous communiquerai, dans les prochains jours, votre rendez-vous avec les Shamway. Je vais faire de mon mieux. Ah ! Et je ne dois surtout pas oublier Bensonman, le majordome de Lord of Pearpie. Vous pourrez vous entretenir avec Mrs Pott, la gouvernante. Elle se tiendra à votre disposition, après-demain, à seize heures et vous attendra en dehors de la maison, dans un pub, le *Wild Dressman*, non loin de la villa. Je vous ai noté les adresses et rendez-vous. » Mr Black remit à Beanstock une enveloppe.

Il s'était fait tard. Par la fenêtre du bureau de *Daisy Chain*, on pouvait voir un ciel pur parsemé de myriades d'étoiles. Beanstock se leva.

« Il est grand temps pour moi d'y aller, Mr Black. Je vais essayer par tous les moyens de faire en sorte que notre guilde soit tenue à l'écart de l'enquête et mettre tout en œuvre pour élucider ces affaires. Par-contre, je suis avant tout tenu à respecter mes engagements vis-à-vis de Sir Percival Parsley et son épouse, donc je ne peux rester indéfiniment ici. Je tâcherai de vous contacter aussi vite que possible. »

Mr Black était debout, lui aussi et il tendit la main au majordome.

« Nous vous sommes infiniment reconnaissants. Soyez assuré de notre soutien sans faille. »

Les deux messieurs se dirigèrent vers la cage d'ascenseur et Mr Black appuya sur le bouton. Beanstock enfila son manteau et prit son chapeau entre les mains. L'ascenseur tinta et s'ouvrit. Beanstock entra et adressa un signe encourageant de la tête à Mr Black, puis alors que les portes se refermaient, il lança : « Il va sans dire que je

70

devrai également parler avec Miss Priscilla Pruster. »

Peu après, il parcourut les couloirs sombres de l'hôtel et atteignit la porte latérale, donnant sur la rue. Il leva les yeux et contempla avec nostalgie les façades obscures de cet hôtel, jadis somptueux. Il pensa à l'époque lointaine de sa formation à Londres. De temps à autre, il lui arrivait d'être chargé d'une mission dans ce luxueux palace. Il avait encore parfaitement en mémoire le mobilier raffiné, le personnel discret et hautement qualifié et le service remarquable. Il était frappé de tristesse et d'accablement devant l'état de délabrement avancé qu'il constatait. L'atmosphère sinistre d'abandon éveillait en son âme de majordome le désir de se saisir d'un balai et ainsi chasser, à grands coups, les arantelles de la dernière guerre, un peu partout.

D'un pas lourd, Beanstock prit le chemin du retour, pour se rendre dans la Baker Street. La Baker Street… La simple évocation de cette rue lui arracha un sourire. Comme un clin d'œil du destin, la petite pension se situait dans cette rue. Il savait, bien sûr, que le célébrissime détective n'avait jamais vécu à cette adresse et qu'il s'agissait d'un personnage de roman et pourtant, la simple idée était exaltante. Déambuler dans cette rue, sonner au numéro 221 B et exposer au génial détective ces suicides bizarres. Et sans l'ombre d'un doute, il saurait aussitôt que faire, afin de débrouiller cette affaire. Sauf qu'il n'existait pas de numéro 221 B.

Dérogeant à ses principes les plus stricts, il s'immobilisa devant un pub et réfléchit tout de bon, s'il devait y entrer. Il mit cette envie saugrenue sur le compte de cette étrange journée.

Un écriteau en métal, avec l'inscription *The smoking*

Snooper, était suspendu au-dessus de l'entrée. Quel nom extravagant pour un pub ! Il fallait tout de même reconnaître que les tenanciers anglais faisaient preuve d'une imagination sans limites, dès lors qu'il s'agissait de trouver un nom pour leurs établissements. Beanstock poussa la porte et instantanément un nuage épais de fumée, à laquelle se mêlait l'odeur âcre de la bière l'enveloppa. Plongées dans des conversations animées, les voix se turent, un court instant. Celui qui entrait pouvait être une connaissance, qui paierait une tournée.

Beanstock s'installa à une table ronde, dans un des recoins plongés dans la pénombre. Les murs habillés de lambris exhalaient des effluves d'un temps révolu. Au fil des siècles, la fumée avait couvert les plafonds d'une patine brun foncé. Il commanda une bière brune, une stout et la jeune serveuse lui offrit même un sourire. Elle avait une somptueuse crinière rousse et son accent trahissait des origines écossaises. Un colosse se dressait de toute sa hauteur derrière le comptoir. Il semblait suivre des yeux le moindre mouvement de la jeune fille. Tout en grommelant entre ses dents, il tira la bière. Et son regard était rivé sur la jeune fille, qui se déplaçait dans la pièce, d'un pas dansant et enjoué, avec un mot gentil et un sourire pour chacun.

De sa table, au coin de la pièce, Beanstock disposait d'une place de choix et il pouvait ainsi observer à tout loisir la scène. Elle vint vers Beanstock, lui apportant la bière souhaitée. Elle la posa, devant lui, sur la table et le regarda, le visage souriant.

« Régalez-vous de votre bière ! La vie est bien trop courte pour être triste. »

Beanstock ne put s'empêcher de lui rendre son sourire. Il n'avait pas remarqué que son visage devait être empreint de tristesse. Depuis qu'il avait quitté l'hôtel, le visage familier et bienveillant d'Hortense le hantait.

Derrière son comptoir, le tenancier ne perdait pas une miette de la scène.

« Miss, il me semble que votre employeur ne voie pas d'un bon œil vos propos de réconfort. » avança Beanstock.

La jeune fille se tourna vers le comptoir et s'appuya légèrement contre la table.

« Ah ! Le vieux grincheux ! Il a peur en permanence qu'un client puisse flirter avec moi. Ne m'appelez pas « Miss ! » mais plutôt Fennie et le vieil ours, derrière le comptoir, c'est mon père, Big Jim. »

Elle éclata d'un rire sonore et même ses magnifiques yeux d'un vert scintillant semblèrent rire, puis elle alla, en prenant tout son temps, vers le comptoir, le plateau sous le bras.

Le patron lança d'une voix retentissante, en s'adressant à ses clients : « Last Order ! » Il annonçait la dernière commande.

Beanstock régla sa consommation et se mit en route vers la petite, ou comme Mrs Parish la qualifiait, la pension mince.

La lumière brûlait encore au rez-de-chaussée et lorsqu'il referma la porte derrière lui, il entendit des cris et des pleurs provenant de la cuisine. Sans même prendre le temps de se débarrasser de son manteau et de son chapeau, il ouvrit vivement la porte de la cuisine. Le chat de la maison, Arthie, se faufila dans l'embrasure de la porte et fila, vif comme l'éclair, comme si tous les chiens du voisinage eussent été à ses trousses. Cette vision rappela à Beanstock douloureusement son enfance.

La gamine, de grosses larmes de crocodile roulant le

long de ses joues, était perchée sur sa chaise, tout contre une table de chêne étincelante et impeccablement astiquée. Mrs Parish se tenait, debout, près d'elle, un flacon d'huile de foie de morue dans une main et une cuillère pleine dans l'autre. Elle ne savait plus à quel saint se vouer, pour enfin convaincre la fillette d'avaler le liquide.

« Même si on doit y passer la nuit, cela m'est absolument égal. Prends enfin cette cuillère, Lucinda ! »

« Ne dis pas Lucinda » hurlait la petite.

Beanstock retira son chapeau, le posa, avec soin, sur une des chaises et prit doucement la cuillère de la main de Mrs Parish.

Celle-ci remarqua alors la présence de Beanstock et le regarda avec surprise. La fillette s'arrêta net de pleurer, maintenant que la cuillère dangereuse avait interrompu sa danse menaçante devant son visage.

« Mrs Parish, je sais exactement ce que vous pensez. Que sait donc ce majordome sur le rationnement du sucre et de la viande ou encore sur la santé des enfants ? Ne sait-il donc pas que l'huile de foie de morue est bonne pour la santé de Lucinda ? Les médecins et le ministère de la santé n'ont-ils pas vivement conseillé d'avoir recours à ce remède miracle, en ces temps difficiles ? Et pourtant… On a émis cette recommandation, uniquement dans le but de rassurer les petites gens. Je pourrais même vous révéler que de source sûre et bien informée, j'ai appris que l'huile de foie de morue à forte dose n'est pas nécessaire ; il est même très dangereux à forte dose. »

« Qu'entendez-vous par « sources bien informées ? » l'interrogea Mrs Parish, méfiante.

Beanstock saisit la bouteille de ses mains et versa le contenu de la cuillère dans le flacon. Puis, il vissa le bouchon à fond et plus encore, comme s'il voulait s'assurer que l'esprit de ce liquide n'avait alors plus la moindre chance de s'évader de l'intérieur.

Mrs Parish se laissa tomber, de guerre lasse, sur une chaise. Tous ces efforts avaient provoqué une toux sèche, qui semblait monter du fond de ses poumons. Beanstock l'examina, le regard inquiet et songea qu'il serait peut-être utile que la dame boive, elle-même, un peu d'huile de foie de morue. Les yeux noyés de larmes, Lucinda l'observait attentivement. Il avait gagné suffisamment de temps, pour trouver une explication plausible.

« Ma chère Mrs Parish, je dis juste qu'une longue et profonde amitié lie mon employeur, Sir Percival Parsley au médecin personnel de Sa Majesté. Je ne peux en dire plus. Vous comprenez maintenant pourquoi j'ai agi de la sorte. » Beanstock prit un air grave, tout en se balançant d'une jambe sur l'autre. Les deux dames, habitant au numéro 116 B de la Baker Street demeurèrent bouche bée.

Le majordome n'avait pas menti. Sir Percival était vraiment ami avec ce docteur, même s'il s'agissait en fait d'un ami fort éloigné. Il n'était pas nécessaire de confier à Mrs Parish que le docteur en question était maintenant un vieillard, qui avait pris depuis fort longtemps une retraite bien méritée. Pas la peine, non plus, de préciser qu'il ne s'agissait pas de la Reine actuellement sur le trône, mais plutôt du Roi Georges V, qui avait quitté ce monde en 1936. Dans ce cas présent, cela n'était d'aucune utilité.

Mrs Parish se leva à grand peine de sa chaise. Elle tendit, désolée, à Beanstock le chapeau écrasé ; en plein feu de l'action, elle s'était assise dessus, sans y prendre garde.

« Mr Beanstock, si c'est ce que vous dites… Ce sont, là, des faits nouveaux auxquels je ne peux que me plier.

Lucinda, mon enfant, va au lit et n'oublie pas que ta grand-mère ne veut que ton bien. » Elle essuya une larme au coin de son œil.

La fillette fila à toute vitesse devant Beanstock et monta à l'étage.

« Je vais aussi me retirer, Mrs Parish. Cette journée a été très longue. J'espère que vous n'êtes pas restée si longtemps debout, du fait de mon retard. Ce serait plus raisonnable, si vous me donniez, dès demain, une clé. Bonne nuit. » Le majordome inclina légèrement la tête et se dirigea vers les escaliers.

Sur le palier de l'étage des chambres des dames de la maison, il découvrit Lucinda, assise, son matou bienheureux sur les genoux. Il laissait entendre un ronronnement de bien-être.

Beanstock prit place près de l'enfant. Il tenait encore le flacon d'huile de foie de morue dans la main.

« Et maintenant, Lucinda, qu'allons-nous faire de cet objet des ténèbres ? » lui demanda-t-il. La fille le regarda, d'un air interrogateur.

« Vous voulez dire ce truc empoisonné ? »

Il secoua la tête, amusé.

« On va l'enterrer demain dans le jardin. » lança-t-elle, d'un ton conspirateur. « J'espère juste que les brownies du jardin ne le prendront pas mal. »

« Que sont les brownies du jardin ? »

« C'est mon père qui m'a parlé d'eux. Ce sont de petits gnomes, des fois ils peuvent être vraiment méchants. Ils sont très farceurs. Il y en a beaucoup, en Écosse. Mon père venait d'un village, là-bas. Mais maintenant, il est plus là. Et maman aussi, elle est partie. En fait, ils voulaient simplement acheter quelque chose et ils sont plus revenus.

Peut-être qu'ils ont plus retrouvé le chemin ? »

Beanstock regarda Lucinda dans les yeux, l'air grave. Il savait que ses parents avaient été emportés, lors d'un bombardement. Il se leva et étouffa un bâillement.

« Il est temps pour toi d'aller au lit, si tu ne veux pas d'histoires avec ta mamie. Elle t'aime énormément, tu le sais, n'est-ce pas ? »

Lucinda se releva, elle aussi et offrit un sourire joyeux à Beanstock, puis elle monta les marches, en courant, le chat Artie, sur ses talons, jusqu'à sa chambre. Ce faisant, elle cria par-dessus son épaule à Beanstock :

« Vous pouvez m'appeler Luc ! »

Il sourit.

La porte de la chambre de Gonzalès s'ouvrit et le visage ensommeillé du chauffeur apparut à la porte.

« Maldito, c'est quoi, ce vacarme ? C'est déjà le matin ? »

77

L'amour infini d'un jardinier

John Stilton aimait infiniment les plantes, toutes, sans exception.

Qu'elles fussent vertes, colorées, minuscules, grandes ou quelconques, il les aimait toutes. Il aimait même les mauvaises herbes qui poussaient entre ses ravissantes plantes vivaces. La dame, qui l'employait, ne partageait pas le même goût.

Combien de fois n'avait-il pas déraciné, en cachette, avec une douceur infinie, sans faire de bruit, un de ces magnifiques pissenlits dorés, pour le planter devant le mur extérieur. Il aimait tout ce qui était vert.

Et il n'avait quitté le pissenlit qu'après l'avoir rassuré que tout irait bien.

« Maintenant pousse bien, mon petit camarade et ne sois pas fâché. Tu es bien mieux ici, crois-en le vieux Stilton. Ici, personne ne viendra t'importuner, quand tu souffleras et que s'envoleront aux quatre vents toutes tes adorables petites graines, portées par leurs parachutes de soie. »

Stilton avait enfoncé son vieux chapeau de paille sur ses cheveux blancs et s'était saisi de sa pelle. Un sourire éclairant son visage, il s'était remis à son travail dans le vaste jardin de la Contessa de Fronti, comme elle aimait tant se présenter ; bien que ce titre ne fût que le produit de son imagination fertile.

Depuis presque quarante ans maintenant, il prenait soin de ce jardin, non loin du Richmond Park.

Aussi longtemps qu'il était jardinier ici, la Contessa vivait là. Mr Stilton la connaissait déjà, alors qu'elle n'était qu'une jeune fille. Son père avait quitté l'Italie depuis une éternité et s'était installé dans ces environs, puis il avait acquis cette propriété.

Ici-même, John Stilton avait vu naître son amour pour les plantes et pour la cuisinière de la maison. Ils s'étaient mariés et avaient continué à vivre dans la maison de jardinier, attenant au jardin d'herbes aromatiques.

La Contessa avait fermé les yeux sur cela, même si ses amies raffinées de la bonne société lui reprochaient d'avoir le cœur trop tendre avec le personnel domestique.

Elle était beaucoup trop fière du magnifique jardin paysager et de la cuisine hors pair de la maison. De toute part, elle n'entendait qu'éloges et compliments à leur sujet.

Le couple Stilton était infiniment reconnaissant de pouvoir habiter dans sa propriété. Puis leur adorable fillette vint au monde et ses rires d'enfant emplirent alors le jardin de la Contessa. Mr Stilton prenait sa petite Anna, alors qu'elle n'était pas plus haute que trois pommes avec lui dans le jardin. Elle était à ses côtés, lorsqu'il ramassait des brindilles ou des pierres et affinait la terre avec son râteau, lorsqu'il repiquait et plantait. À huit ans à peine, comment couper délicatement une rose fragile ou lutter naturellement contre les pucerons n'avaient plus de secrets pour elle. C'était une enfant enjouée et la Contessa s'était accommodée de sa présence.

Vint alors son fils bien-aimé de la guerre et rien ne fut plus comme avant. La fille des Stilton était maintenant une jolie jeune fille aux magnifiques boucles soyeuses d'un châtain clair. Lui était un jeune homme charmant, d'excellente éducation et il ne tarda pas à demander la main de la jeune fille, conformément aux usages. Aucune des deux familles ne voyait d'un bon œil cette union. Le jardinier avait essayé de faire entendre raison à sa fille: les différences sociales étaient trop importantes. Des jours et des jours, la Contessa avait laissé éclater sa colère et aurait volontiers exigé du jardinier et de sa famille qu'ils déguerpissent sur-le-champ, si seulement elle n'avait pas été cette dame du monde qu'elle était.

Le mariage eut lieu et il fut grandiose. Anna déménagea, pour s'installer dans la grande maison et le jardinier continua à être celui qu'il avait toujours été et il resta là, où il avait toujours vécu. Sa femme bien-aimée n'avait pas eu le temps de prendre part au bonheur de sa fille. Elle s'en était allée bien trop tôt.

Et avec son entrain coutumier, sa fille courait maintenant à travers la pelouse enneigée et appelait son père.

« Papa, par ce temps, tu ne dois pas te balader et rester trop longtemps dehors. Avec ce froid, tu vas attraper la mort. Viens boire un thé dans la cuisine, allez ! Milly serait tellement contente. La petite est déjà toute excitée à l'idée du Père Noël. Elle veut entendre son grand-père lui raconter, une fois encore, la fantastique histoire du pôle Nord. »

Le vieux jardinier se leva péniblement et sourit à Anna.

« Tu sais, les roses ont aussi besoin de mes soins, l'hiver. Et je veux m'assurer qu'elles vont bien. Je viens dans un petit moment, ma chérie. »

Anna se tourna, un sourire satisfait sur son visage et elle se rappela : « Ah ! J'oubliais… Une lettre est venue pour toi. Je l'ai déposée dans la cabane. Tu viens vraiment, hein ? »

Une lettre ? Il n'attendait de courrier de personne. La curiosité fut la plus forte et il rejoignit son logement douillet, dans lequel il vivait depuis si longtemps.

Il découvrit la grande enveloppe grise, posée sur la table étincelante de la cuisine. Seul, son nom figurait sur l'enveloppe. Pas d'expéditeur, pas de timbre. Il extirpa de l'enveloppe le feuillet à l'écriture raffinée et serrée et remarqua le curieux insigne, tout en haut, au milieu du papier. On pouvait à peine le reconnaître, mais il ne lui était pas étranger. Sa main chercha la broche, accrochée sur le revers de sa chemise, avec sa petite pâquerette ordinaire. Il lut.

Il dût s'asseoir et son regard se perdit sur le jardin recouvert de neige, au-delà de la vitre de la minuscule fenêtre. Un jardin est beau, peu importe la saison. Les vivaces, recouvertes de givre et les sapins, saupoudrés de neige, s'étendaient comme une forêt féérique, devant ses yeux, d'où jaillissaient maintenant des larmes chaudes et salées. Il se leva et s'approcha de la cheminée. Une allumette et la feuille de papier ainsi que son enveloppe flambèrent. Il prit ensuite une autre page et écrivit en quelques mots brefs.

« Je vous aime tendrement. » La broche reposait tout contre le papier. Il quitta l'appentis de jardin, après avoir bu tout son thé, auquel il avait ajouté deux autres ingrédients, l'un étant du sucre en grande quantité et un autre… Il resta là un moment, à contempler les flocons de neige, qui s'étaient mis à tomber. Puis, des crampes parcoururent tout son corps. Tout alla très vite.

Et une douce mélodie s'éleva dans le Richmond Park, évoquant l'histoire d'une simple et innocente lune de papier.

Scotland Yard

Dans une manœuvre particulièrement casse-cou, la Bentley prit un virage endiablé et bifurqua dans la Brook Street. Les bras chargés de divers sacs bariolés, quelques dames, qui sortaient à ce moment précis du vénérable grand magasin Selfridges, suivirent des yeux l'automobile, effrayées et scandalisées. Beanstock fit entendre un léger grattement de gorge, sans toutefois détacher son regard des notices sur son petit calepin noir.

Un air trottait dans la tête de Gonzalès. Il se souvint de justesse que le majordome, n'avait aucunement envie d'entendre ses prouesses vocales.

Au bout de la Regent Street, le chauffeur fit un petit crochet et le Trafalgar Square apparut dans toute sa splendeur.

Les yeux toujours rivés sur ses papiers, Beanstock grommela : « Ce détour était absolument inutile, Señor Gonzalès. Vous savez, j'ai beau être plongé dans mes notes, votre façon de conduire et la route que vous suivez ne m'échappent pas pour autant. »

« Maldito, Mr Beanstock, jetez au moins un coup d'œil sur ces gigantesques lions noirs. C'est impressionnant, non ? Vous pensez que ces lions sont creux à l'intérieur ? Ou alors, c'est peut-être un passage qui mène au Monde des Ténèbres de Londres ? »

Beanstock leva les yeux et lui jeta un regard étonné.

« Que croyez-vous qu'il se trouve donc au fond ? »

« Des trucs fantastiques, Señor Beanstock ! »

Avec résignation, le majordome secoua la tête.

« Concentrez-vous plutôt sur la circulation. Nous voulons que la Bentley retourne à Parsley Manor tout d'une pièce. »

Le chauffeur sourit et mit le clignotant. La voiture se trouvait maintenant sur Victoria Embankment et le majestueux complexe, abritant les quartiers généraux de New Scotland Yard, se profila devant eux. Avec un peu d'imagination, et en plissant un peu des yeux, on aurait presque pu croire être en présence de sa splendide sœur, la Tower of London - la tour Blanche - cette forteresse chargée d'histoire.

Chacun des côtés de la paire de bâtiments était orné de tours superbes. Et ici, elles étaient de forme arrondie et non pas carrée, comme c'était le cas de l'autre Tour, tristement célèbre. La partie supérieure de la façade était élevée en brique rouge édouardienne, entrecoupées de bandeaux de pierre blanche et sa base était de granit.

Avec ce design insolite, Richard Norman Shaw, l'architecte, avait construit un monument emblématique et donné une nouvelle interprétation au style Queen Anne, en le portant à son apogée. Il influença nombre d'architectes, qui imitèrent son style aux quatre coins du monde.

Beanstock demanda à Gonzalès d'arrêter la Bentley devant l'entrée principale et se tourna vers le chauffeur.

« Continuez sur le Westminster Bridge et prenez la direction de la gare de Waterloo. Vous y verrez un parc, le Green Park. Vous n'aurez aucune difficulté à trouver la Coral Street. Tout au bout de cette impasse, se situe un magasin d'antiquités, à l'aspect insignifiant. Au-dessus de l'entrée, vous ne lirez que le nom de son propriétaire,

Monsieur Plumboom. Transmettez-lui mon bonjour chaleureux et dites-lui que Sir Percival Parsley vous envoie. Puis, vous achèterez quelque chose pour Lucinda. »

Gonzalès n'y comprenait goutte.

« Pour la petite de notre pension ? Dans un magasin d'antiquités ? Qu'est-ce que je peux bien lui acheter là-bas ? »

« Lorsque Monsieur Plumboom vous conduira dans son arrière-boutique, alors vous le saurez. »

Il tendit quelques billets au chauffeur sans voix et descendit de la voiture. Il avait sorti sa montre à gousset de la poche de son veston.

« Il est exactement dix heures et cinq minutes. Je vous prie d'être ici exactement dans une heure, donc à onze heures cinq. »

Les yeux ronds et la bouche ouverte, le chauffeur suivit le majordome des yeux. Puis il partit, en secouant la tête en signe d'incompréhension, pour cette commission dont l'avait chargé Beanstock et qu'il trouvait vraiment bizarre.

Scotland Yard avait été construit à une époque où l'on croyait naïvement que la criminalité dans tout le royaume resterait somme toute assez gérable. Le pourcentage d'affaires élucidées était plutôt satisfaisant et quantités d'affaires restaient inexpliquées. Avec la création de Yard, comme il fut bientôt appelé dans le langage populaire, un tournant s'amorça, avec la mise en place d'une toute nouvelle unité, spécialement conçue pour les enquêtes criminelles.

Elle utilisait des fichiers de données d'empreintes digitales et il devint dès lors possible de procéder à des comparaisons. Ces méthodes révolutionnaires suscitèrent un engouement mondial.

Aujourd'hui encore, il suffisait de composer le White Hall 1212 et on pouvait joindre le Yard.

Beanstock s'enquit du bureau de l'inspecteur Morris auprès de l'officier de garde à l'entrée du bâtiment et on lui indiqua le deuxième étage.

« Le bureau 2-21, Sir. »

Beanstock se trouva face à un nombre impressionnant d'escaliers, de couloirs et de portes ouvertes de bureaux. Arrivé au deuxième étage, Beanstock eut le sentiment d'être dans une fourmilière : le claquement des touches de machines à écrire, le brouhaha indescriptible de voix, les secrétaires affairées qui passaient en toute hâte dans les couloirs, les bras chargés de dossiers, le cliquetis des chariots de bureau, tout cela faisait penser à l'activité frénétique de la gare Kings Cross aux heures de pointe.

La porte du bureau 2-21 était fermée.

Beanstock frappa doucement. Il ne se passa rien du tout. Il frappa de nouveau. Toujours rien.

Il baissa lentement la poignée de la porte et ouvrit. Un homme se tenait à la fenêtre, le dos à la porte. La pièce n'était pas vraiment grande et on ne pouvait pas la qualifier de chaleureuse, ni même de lumineuse.

Beanstock en trouva immédiatement la cause ; les vitres étaient encrassées, des montagnes de dossiers encombraient le rebord de la fenêtre et le papier peint défraîchi.

Il se gratta la gorge. Le monsieur trapu se retourna. Il engloutit précipitamment une tartelette à la crème et à en juger par la mine chagrinée de l'homme, il devait s'agir du tout dernier morceau, pensa tout de suite Beanstock.

« Pour l'amour du ciel, fermez donc cette porte et entrez ! Ce vacarme est insoutenable. »

Beanstock était du même avis et après avoir refermé la

porte sans bruit, il fit une légère révérence et se présenta.

« Mon nom est Arthur Reginald Beanstock. Je parle à l'inspecteur Morris, c'est exact ? »

« Cela m'en a tout l'air ! Asseyez-vous ! » répliqua l'inspecteur, sans ambages.

« Je suppose que Mr Black vous a avisé de mon arrivée. »

L'inspecteur scruta son interlocuteur, en plissant ses yeux.

« Oui, c'est bien ça ! Mr Black, oui. J'aimerais vraiment savoir ce que ce nom créé de toute pièce signifie ? Ce n'est pas du tout le nom de cet homme. Jamais de la vie ! Mais il jouit de la protection d'une personne extrêmement influente. Je ne peux rien y faire. »

Beanstock sourit.

« Je voudrais savoir comment Hortense Peachwood a été trouvée ? Y avait-il une lettre d'adieu ? Qu'a conclu l'autopsie ? Ces deux autres prétendus suicides doivent également vous paraître bien suspects, Sir ? »

Les sourcils de l'inspecteur Morris se haussèrent.

« Mon brave, je suis celui qui mène l'enquête et c'est moi qui pose les questions ! Pas l'inverse. Et maintenant, vous allez répondre à certaines de mes interrogations. D'où connaissiez-vous la dame en question et pour quelle raison vous a-t-elle laissé cette broche ? » Sur ces derniers mots, il déposa sur son bureau la petite pâquerette et la lettre d'adieu.

« Je peux prendre la lettre et la lire ? Vous avez certainement prélevé les éventuelles empreintes digitales, qui s'y trouvaient, n'est-ce pas inspecteur ? »

« Allez-y ! Je vous en prie. Les seules empreintes, que nous ayons trouvées, étaient malheureusement, celles de la défunte. »

Beanstock examina attentivement la lettre.

« Il s'agit clairement de l'écriture de Mrs Peachwood. Légèrement tremblante, sans doute à cause de son émoi… C'est bien son écriture ? »

L'inspecteur Morris l'interrogeait du regard.

« Oh ! Excusez-moi ! Oui, c'est bien son écriture. Je suis troublé de tenir entre les mains cette lettre de ma vieille amie. Notre amitié remonte à l'époque où j'ai terminé ma formation de majordome. J'ai travaillé de façon temporaire chez la famille du Lord Yoster. C'est là que j'ai fait la connaissance de Mrs Peachwood et nous sommes devenus bons amis. »

L'inspecteur reprit la lettre et la broche et les glissa dans une pochette marron pour les pièces à conviction.

« Ah ! Avant que je n'oublie, inspecteur. J'ai été chargé de vous passer le bonjour de l'inspecteur Greenwood de Parsley Field. Il a particulièrement insisté. Nous sommes d'avis qu'il est un enquêteur extrêmement compétent. »

L'inspecteur jaugea Beanstock un long moment, puis il se gratta rapidement le nez, qui lui mangeait tout le visage. Une fois encore, il ouvrit la pochette et fit glisser la petite broche vers Beanstock, de l'autre côté de la table.

« Allez ! Vous pouvez la prendre. Elle a été laissée exprès pour vous et je ne pense pas qu'elle soit particulièrement importante pour cette affaire. » Il fit une courte pause.

« Ainsi donc ! Tommy Greenwood, ce vieux coquin ! Il a atterri à Parsley Field. J'avais eu vent de rumeurs selon lesquelles il avait demandé à être muté. Mais dans ce trou perdu ? Oh ! Pardon ! Je n'ai pas pensé à mal. C'était vraiment un chic type, un super collègue et un véritable ami. Il me tenait à l'écart des tartelettes. Il me manque… surtout les vendredis soirs ! »

Sur ces derniers mots, il donna, en ricanant, une petite tape sur son ventre rebondi. Beanstock se demandait ce qu'il y avait bien pu avoir de si particulier les vendredis soirs et il espérait être quelque peu parvenu à adoucir l'inspecteur.

L'inspecteur Morris lui parla un peu d'Hortense Peachwood, comment son corps avait été découvert, sans vie. Il mentionna également le petit flacon de médicament, retrouvé vide, qui avait contenu un liquide rougeâtre.

Il lui fit savoir que le rapport de l'autopsie n'avait laissé aucun doute : elle avait pris d'elle-même la dose mortelle.

« En résumé … » conclut l'inspecteur, « nous avons de nouveau affaire à un suicide. »

Beanstock le regarda, l'air sceptique.

« Mais cette série de prétendus suicides parmi le personnel domestique, cela ne peut pas être le fruit du hasard. Il doit bien y avoir autre chose, qui a joué un rôle déterminant et qui a tout déclenché. Quelque chose… Si vous m'y autorisez, j'aimerais me rendre, une seule fois, sur un des lieux du suicide et l'examiner en détail. Il arrive qu'une personne extérieure remarque un détail qui aurait échappé aux enquêteurs, sauf le respect que je vous dois, Sir. »

L'inspecteur Morris se gratta le nez.

« Mon chef est d'un tout autre avis. Il m'a fait savoir, hier, qu'un suicide est un suicide, point. Sans intervention d'un tiers. Et je dois clore le dossier. Il m'a donné un délai d'une semaine, pour enquêter sur tout ça. »

Le téléphone se mit sonner. L'inspecteur prit le combiné, en poussant un long soupir. Ce qui s'avéra être, par la suite, un signe prémonitoire.

« Je viens immédiatement », lança-t-il dans l'appareil et il ferma, un court instant, ses yeux. Il jeta un regard significatif à Beanstock.

« Un nouveau suicide… Un jardinier, cette fois ! » Il s'empara de son manteau. « Vous pouvez m'accompagner, Mr Beanstock. Votre désir aura été exaucé plus vite qu'on n'aurait pensé. Par-contre, je ne peux pas vous prendre dans ma voiture. »

Beanstock bondit de sa chaise et vérifia l'heure sur sa montre gousset.

« Je vous remercie, inspecteur. Je vous en suis reconnaissant. Je pense que mon chauffeur m'attend déjà à l'extérieur. »

L'inspecteur nota l'adresse sur un bout de papier, qu'il lui tendit. La broche avec sa pâquerette disparut dans la poche de Beanstock. Les deux hommes quittèrent vivement le Yard.

Gonzalès descendit de la Bentley. Il n'avait eu aucun problème, pour trouver la Coral Street. Face au Green Park, il découvrit le magasin. Ce devait bien être ça. Il ne voyait pas d'autre boutique à la ronde.

Tout comme un bouton rouge en pleine figure, la devanture semblait avoir jailli de nulle part et jurait sur la façade d'un gris monotone. Semi-circulaire, elle se dressait, au niveau du trottoir et offrait aux passants curieux et ébahis, une vue panoramique sur tous les objets, petits et grands. Au-dessus de l'entrée, un vieil écriteau indiquait simplement *Monsieur Plumboom* en lettres, autrefois dorées et maintenant effacées. Exactement comme l'avait décrit le majordome.

Gonzalès jeta un regard curieux à la vitrine. Tout devant, quelques pépites du passé, des montres goussets, des chaînes et des colliers, des bagues et de délicates broches serties de pierres étincelantes, étaient posées sur d'amples coussins de velours. Au fond, s'entassaient des vases, des assiettes et des bols, parfois ébréchés et souvent recouverts de poussière.

Gonzalès était on ne peut plus sûr de ne rien trouver, ici, pour la fillette. Il n'avait même pas vu un seul vieux jouet. Peut-être le propriétaire avait-il gardé certains de ses plus beaux trésors dans son arrière-boutique ? Une poupée ou quelque chose de semblable ? Pas vraiment convaincu de sa mission, il pénétra dans le magasin.

L'impression, que cet endroit avait connu des jours meilleurs, s'accentua encore à l'intérieur.

Tout était silencieux. Pas une personne ne fouillait, pour dénicher quelque objet rare, pas un seul acheteur enthousiaste, clamant la qualité exceptionnelle de la marchandise. Gonzalès s'approcha du comptoir où il vit une petite clochette de table.

Il vérifia, en jetant un nouveau regard autour de lui, puis appuya sur l'objet. Une voix chantante avec un fort accent monta du fond de la boutique.

« Je viens ! Encore un petit moment ! » Un monsieur immense et très maigre apparut dans l'embrasure de la porte, un grand sourire éclairant son visage. Il se dirigea vers Gonzalès. Son visage au teint rosé et ses longs cheveux blonds étaient si clairs qu'ils semblaient blancs. Il les avait noués en une longue tresse. Il portait une chemise blanche qui détonnait dans cet univers gris de poussière et son long tablier d'un blanc éclatant touchait le sol. En un mot, il semblait tout droit sorti de son bain. Gonzalès demeura interdit.

« Monsieur ? Je peux faire quelque chose pour vous ? » le questionna le monsieur. « Je suis Monsieur Plumboom, le propriétaire de cette petite merveille de boutique. »

Gonzalès jeta un regard dubitatif autour de lui.

« Bonjour ! Je viens de la part du baronnet Sir Percival Parsley et Mr Beanstock m'a chargé de venir. Je dois acheter ici quelque chose pour une petite fille ? »

« Ah ! Monsieur Beanstock ! » s'exclama-t-il, en portant l'accent sur la première syllabe du nom, « je suis si content d'avoir de ses nouvelles. Rassurez-moi ! Il n'est pas malade, non ? Normalement, il se fait un plaisir de venir personnellement me rendre visite. »

Gonzalès le rassura et s'avança de quelques pas dans la boutique.

« Vous pouvez peut-être m'aider. Je n'ai aucune idée de ce que je peux bien acheter ici pour une enfant. »

Monsieur Plumboom semblait très amusé par la question du chauffeur. Il fut pris d'un fou rire. Il leva son index droit et fit signe à Gonzalès de le suivre.

Les deux hommes traversèrent l'arrière-boutique, pour se rendre dans un petit bureau, qui, curieusement, sentait bon la cannelle. Monsieur Plumboom ouvrit une porte, donnant sur une autre pièce et Gonzalès, effrayé, fit un bond en arrière. Derrière cette porte, l'accueillit une joyeuse explosion de couleurs et de senteurs. Dans la pièce généreusement éclairée et au carrelage impeccable, des marmites brillantes et argentées chauffaient sur plusieurs feux. Ça mijotait dans les poêlons et les chaudrons ! Et les effluves délicieux de vanille, framboise et chocolat envahissaient le moindre recoin de la pièce.

« Voilà, mon royaume ! » clama Monsieur Plumboom.

91

Nous trouverons bien ici quelque chose pour la petite gourmande, n'est-ce pas ? »

Gonzalès demeurait interloqué, les yeux écarquillés. Voilà donc d'où le majordome ramenait ses incroyables sucreries, que Sir Percival offrait, de temps à autre, aux enfants des alentours. Parfois aussi, les jours de fête, le personnel de Parsley Manor en recevait également. Personne n'avait réussi à savoir d'où Beanstock avait ces trucs-là. Le majordome se murait dans un silence têtu, dès lors qu'il était question de Sir Percival ou de Lady Fedora.

Le rationnement en sucre sévissait encore en Grande-Bretagne. Et cela touchait tout ce qui était douceur et autres sucreries. Depuis quelques temps, la brave Mrs Bloom régalait sa clientèle de caramels et de bonbons à la framboise ; tous ces trucs-là venaient sans doute d'ici.

« Que c'est fantastique ! Un milagro ! Avez-vous appris cet art en France, votre pays ? »

Monsieur Plumboom sembla remonté.

« Sachez, monsieur, que je suis Belge et j'y attache beaucoup d'importance. Il n'y a qu'en Belgique que l'on puisse trouver des chocolats si exceptionnels et de telles sucreries. C'est là qu'ils ont vu le jour, en quelque sorte. »

Gonzalès s'excusa de sa maladresse. La pire chose qui puisse arriver était que la route menant aux douceurs soit coupée.

Le chauffeur, chargé de plusieurs sachets, se retrouva finalement sur le trottoir, les bras chargés d'une multitude de sachets et il se réjouissait d'avance à l'idée du visage radieux de la gamine. Il avait choisi des morceaux de chocolat, des bonbons au citron et de délicieux caramels mous et fondants. Un chef-d'œuvre de crème chantilly et de caramel, généreusement enrobé de chocolat noir, fondait dans son palais. Il était aux anges et il se mit en route pour son rendez-vous, devant le Yard.

Le majordome l'attendait déjà, devant le bâtiment. Beanstock s'engouffra dans le véhicule, tendit au chauffeur un bout de papier, sur lequel figurait une adresse et lui enjoignit de ne pas perdre une minute. En chemin, Gonzalès lui raconta en détail sa visite dans la Coral Street. Il espérait secrètement que le majordome lui révèlerait d'où il connaissait ce monsieur.

« Il s'agit d'un vieil ami de guerre de Sir Percival. »

Ce fut le seul commentaire du majordome. Connaissant ce dernier, Gonzalès laissa tomber.

Ils passèrent une nouvelle fois au-dessus de la Tamise et prirent la direction de Richmond Park. Lorsqu'ils s'engagèrent dans la Kingston Road, ils remarquèrent au loin la présence policière. Un barrage de police avait été dressé juste avant l'allée, qui menait à la propriété. Lorsqu'ils arrivèrent à la hauteur des policiers, Beanstock actionna la manivelle, baissa la vitre et fit savoir son nom au jeune constable en faction. L'inspecteur avait tenu parole et on leur permit de passer.

Après seulement quelques mètres, une villa spacieuse apparut derrière les arbres gigantesques dénudés. Seule la présence de la neige trahissait que l'on n'était pas, là, en Italie. Avec sa façade néo-gothique, d'un blanc éclatant et somptueusement décorée, elle rappelait l'emblématique Palazzo Cavalli-Franchetti. Renforçant cette impression, d'impressionnants palmiers de Chine se dressaient devant l'entrée de la villa. Avec ses branches attachées, qui portaient d'énormes couches de neige, ils semblaient toutefois quelque peu déplacés. Gonzalès gara la Bentley, près des voitures de police dans l'allée spacieuse.

« Attendez-moi ici, Señor Gonzalès. Je n'en ai pas pour longtemps. » Beanstock descendit prestement de la voiture et se dirigea vers la porte d'entrée.

Le constable, debout à la porte, lui indiqua le chemin qui menait au jardin. L'inspecteur s'y trouvait et l'attendait. D'une fenêtre ouverte, on entendait des sanglots étouffés et la voix réconfortante d'une vieille dame.

Entourée d'arbres séculaires, la maison du jardinier était un peu à l'écart. Les chaussures des nombreux policiers avaient complètement piétiné la neige, étalée jusque devant le seuil de la porte ouverte, la transformant en un amas triste, sale et boueux. Beanstock pénétra à l'intérieur et regarda autour de lui. Il entendit des bruits de voix, provenant de la cuisine. Au moment où il entra dans la pièce, se levait le médecin légiste, Dr. Seeker du corps inerte du jardinier, qui gisait sur le sol.

« Dites-moi, Mr Beanstock, il semble que nos rencontres se fassent toujours dans des circonstances terribles, comme ici, n'est-ce pas ? » l'interrogea le docteur, avec un petit sourire.

« Dr. Seeker, je suis ravi de vous revoir », le salua Beanstock, avec une légère révérence.

À ce moment précis, l'inspecteur Morris surgit de la petite pièce, à côté de la cuisine.

« Qui connaissez-vous encore, Mr Beanstock ? Faut-il que je vous présente à tout le personnel de Yard, ou ce ne serait peut-être pas nécessaire ? »

Le Dr. Seeker se remit à son travail.

« Alors, en tous les cas, je peux d'ores et déjà vous annoncer que la cause du décès est due à un empoisonnement. Je dois encore m'assurer, dans mon laboratoire, de quel poison il s'agit. D'après l'odeur de la tasse de thé, je miserais plutôt sur la mort-aux-rats, que l'on peut acheter encore bien trop facilement. L'heure du décès se situe entre dix heures et midi, aujourd'hui. À part cela, je vous ferai parvenir mon rapport. »

Le médecin légiste avait débité les faits, d'un ton qui semblait exempt de toute émotion et purement professionnel ; il l'avait développé au fil de sa longue routine et des nombreux morts qu'il avait côtoyés. C'était là le seul moyen pour établir une distance saine avec la douleur, à laquelle il était confronté.

L'inspecteur Morris montra à Beanstock la lettre d'adieu et la broche à la pâquerette.

« Encore un de votre corporation, hein ? »

Le majordome considéra les deux objets et hocha tristement la tête.

« Nous en avons fini ici. Venez ! Nous allons dans la maison, nous entretenir avec la Contessa. Il y a également la fille du jardinier, Anna, qui est mariée avec le fils de la Contessa. Ils ont une fillette. Son mari est absent, en ce moment, il est à l'étranger, outre-Atlantique, pour affaires.

Je vais être franc, Mr Beanstock. Pour moi, tout cela n'a aucun sens. On a clairement affaire à des suicides. C'étaient toutes des personnes absolument en parfaite santé, qui n'avaient aucun problème psychologique et comme ça, sans prévenir, elles se donnent la mort. Vous y voyez une logique, vous ? »

Alors qu'ils sortaient, le regard de Beanstock se posa sur la cheminée. Le feu s'était consumé. Cependant, un bout de papier carbonisé était là, par terre, devant la grille.

Il sortit son mouchoir de la poche de son pantalon et le saisit.

« Qu'est-ce que vous avez trouvé là ? » demanda l'inspecteur.

« Cela m'a tout l'air d'être un petit fragment d'enveloppe. Mr Stilton l'a probablement brûlée, car il ne voulait pas qu'on en retrouve la trace, après sa mort. Je trouve cela curieux. »

« Il m'arrive aussi de brûler de temps à autre du papier, Beanstock. Et je n'y vois rien d'anormal. Mais donnez quand même le papier au constable. Il le mettra dans une petite poche en plastique. Sait-on jamais ? »

Cette fois encore, le constable Higgins, se tenait devant la porte d'entrée de la villa, tout comme pour les précédents suicides.

« Alors, constable, de nouveau entendu une mélodie ? » l'interrogea l'inspecteur, en passant devant lui. Le jeune homme rougit et se mit immédiatement au garde-à-vous.

« Non, Sir ! Cette fois-ci, tout est calme, Sir ! »

Beanstock fut surpris de la question de l'inspecteur.

« Qu'entendez-vous par là ? De quelle mélodie parlez-vous ? »

« Oh ! Cela n'a certainement aucune importance. » répondit l'inspecteur et il lui raconta tout.

« Oh ! Je pense qu'un détail, même anodin peut s'avérer précieux. Je ne le mettrais pas de côté. D'autant plus que le constable a entendu cet air à d'autres reprises et à différents endroits, tous, théâtre d'un crime. »

« Si ça vous fait plaisir, rangez-le bien dans votre palais de mémoire ! Moi, de mon côté, je pense que c'est très secondaire ! » bougonna l'inspecteur, tandis qu'il se grattait le nez.

« Comment savez-vous que j'ai un palais de mémoire ? Je n'en ai jamais parlé à quiconque. »

« Vous êtes du genre à en avoir un, Mr Beanstock. Je dirais même que vous êtes le type même de la personne qui en a un. »

Le majordome leva un sourcil étonné et le suivit à l'intérieur de la villa. Il en profita pour jeter un coup d'œil rapide sur la Bentley dans l'allée devant la maison. Nulle trace de Gonzalès. Où pouvait-il encore bien traîner ?

Le hall d'accueil de la demeure et la personne, qui attendait là, ressemblaient à s'y méprendre au tableau, occupant presque tout un pan de mur, derrière elle. La dame se tenait au centre de l'immense pièce, près d'une table ronde, où un vase débordait de fleurs. Il en allait de même pour la longue robe grise en mousseline, ornée d'un grand col, qui semblait en tout point identique à celle du tableau. Elle avait relevé son opulente chevelure gris argent, retenue par une barrette scintillante. Le menton fièrement levé, elle dardait de ses yeux verts les deux messieurs, qui s'approchaient. L'inspecteur se demanda, un court instant, s'il devait lui donner un coup de coude, pour s'assurer qu'elle était bien vivante. Il s'inclina légèrement.

« Contessa, je suis l'inspecteur Morris de Scotland Yard et voici, Mr Beanstock… » Il se racla rapidement la gorge. « … un conseiller. Nos condoléances pour cette dure perte que vous venez de subir. Nous souhaiterions poser quelques questions à votre belle-fille et à vous, si c'est possible. »

À ce moment précis, une jeune femme, tenant un enfant dans les bras, sortit du salon, à gauche du vestibule. L'enfant ne devait pas avoir plus de trois ans et elle jeta aux deux hommes ce regard, sans à priori, propre aux enfants.

Une servante fit son apparition, près de la jeune dame. Elle prit l'enfant et se dirigea vers les escaliers, au fond de la pièce.

97

La jeune femme suivit du regard l'enfant, jusqu'en haut des escaliers. La Contessa conduit les deux messieurs dans le salon. On leur demanda de prendre place et l'inspecteur put commencer à poser ses questions.

« Si vous n'y voyez pas d'inconvénient, Mrs Fronti… » Il fut sèchement interrompu par la Contessa.

« Contessa De Fronti, je vous prie, Commisioner. J'insiste là-dessus! Nous sommes une famille avec une longue tradition. Nous portons avec fierté ce nom, qui figurait déjà dans les annales des Doges de… » La dame fut interrompue à son tour.

« Je vous en prie, Contessa, il n'est pas question, ici, de la famille De Fronti. » Ces mots, prononcés d'une voix douce et à peine audible venaient de sa belle-fille.

L'inspecteur gêné, se racla la gorge.

« Inspecteur, pas Commisioner, Contessa. » La Contessa pinça les lèvres et s'enfonça, vexé, dans son fauteuil.

« Vous êtes bien la fille de John Stilton, employé ici comme jardinier, c'est exact ? » demanda-t-il, en s'adressant à la jeune femme. « Quand avez-vous vu votre père pour la dernière fois ? »

Mrs De Fronti raconta la matinée, lorsqu'elle avait proposé à son père de venir ici et lui avait recommandé de ne pas travailler par ce froid. Elle éclata en sanglots.

« Pourquoi, pensez-vous, n'est-il pas venu immédiatement ? » la questionna Beanstock, en jetant, prudemment, un regard en coin vers l'inspecteur.

« Je ne sais pas. Je ne peux pas me l'expliquer. C'était une personne heureuse et satisfaite. Il était fou de sa petite fille. Il s'épanouissait dans son travail de jardinier. J'étais allée lui donner cette lettre, qui lui était adressée et je l'ai trouvé à son massif de roses. Il avait neigé et ses mains étaient violettes de froid. Il se refusait à porter des gants… » Elle se tut, incapable de continuer et le regard baissé.

L'inspecteur se leva et d'un geste de la main, il invita Beanstock à faire de même.

« Je pense qu'il est temps que nous vous quittions. Ce sera tout pour l'instant. Si nous avons d'autres questions, nous vous le ferons savoir. Il se dirigea vers la porte du salon. Il était presque dans le hall, lorsqu'il remarqua que le majordome ne le suivait pas. Il posait une nouvelle question.

« Mrs De Fronti, si je puis me permettre, comment était cette lettre ? »

Elle réfléchit un court instant. « Une enveloppe grise, banale… Une grande enveloppe. J'étais assez étonnée que seulement le nom de mon père, écrit à la main, y figurait et pas l'adresse. Je l'ai déposée dans la maison du jardinier, puis je suis allée chercher mon père. »

Beanstock s'inclina légèrement et suivit l'inspecteur.

Une jeune fille entra d'une des portes, à l'arrière de la maison ; elle portait une pile de voiles sombres. Elle se mit à recouvrir le miroir majestueux du hall. L'inspecteur l'interpela.

« Vous êtes bien Flores, pas vrai ? »

La jeune fille plia légèrement son genou en une révérence.

« Vous avez découvert le corps. Comment ça se fait ? »

« Madame m'a d'mandé d'aller chercher son père, pour boire l'thé en sa compagnie. Et j'l'ai trouvé là. J'ai tout d'suite vu qu'il avait tourné de l'œil. J'suis retournée, en courant, à la maison, pour appeler un docteur, mais c'était trop tard. J'le vois tout d'suite, quand quelqu'un a rendu

99

l'âme, pouvez m'croire, m'sieur le commissaire. Pendant la guerre, j'ai longtemps travaillé à l'hôpital militaire et j'l'ai vu d'mes propres yeux. »

« Inspecteur. Je suis inspecteur. Il n'y a pas de commissaire, ici. D'où venez-vous ? »

« J'suis originaire de l'Autriche. Mes parents étaient… »

L'inspecteur stoppa son flot de paroles, sans quoi ils auraient dû entendre l'histoire complète des grands-parents de Flores. Mais il leva la main et prit congé de la jeune fille, d'un geste de la tête. Les deux messieurs quittèrent la maison.

Beanstock sortit la montre gousset de son veston.

« J'ai un rendez-vous à seize heures précises, et je ne voudrais le manquer sous aucun prétexte. J'ai un entretien avec le majordome de la famille Tirell. »

« Dans ce cas, je vous souhaite bien du plaisir ! On dirait qu'il a avalé son parapluie, sa canne ou son sabre…
En fait, pour être si coincé, je dirais même les trois ! Vous pouvez me croire. Je l'ai déjà questionné. Mais si vous pensez en apprendre plus, libre à vous ! Nous restons en contact, Mr Beanstock, est-ce clair ? »

« Cela est tout à fait clair, inspecteur. Pour moi, il est hors de question que je vous cache toute information, qui pourrait s'avérer cruciale. »

Le majordome s'inclina poliment et se retira. Il s'approcha de la Bentley, où Gonzalès l'attendait, debout et fumant une cigarette, comme s'il n'avait pas bougé d'un iota.

Lorsqu'ils furent installés dans la voiture, Beanstock lui indiqua, comment se rendre à Mayfair.

« J'ai une information, qui pourrait vous intéresser,

Señor. »

« Faut-il que je vous tire les vers du nez ? Ou voulez-vous me les livrer de votre plein gré, Gonzalès ? Et d'abord, où étiez-vous, à nouveau ? Vous deviez rester près de la voiture et m'attendre. »

Gonzalès sourit.

« J'ai causé un peu avec la cuisinière et la servante. Elle n'est pas très populaire, la Señora Contessa. Elles ne l'ont pas reconnu, ouvertement. Mais la critique suintait derrière chaque mot. En fait, elle se serait même fait un sacré plaisir de jeter celle qui est maintenant l'épouse de son fils, quand elle a appris qu'il était question de mariage. »

Beanstock nota quelque chose sur son petit aide-mémoire noir, puis fit remarquer d'un ton désinvolte, sans lever le regard : « Je ne pense pas que ce fait ait un lien quelconque avec la mort du jardinier. La Contessa aurait certainement eu recours à un acte criminel bien avant, dans ce cas. Elle n'a rien de Lucrèce Borgia. Il y a quelque chose qui m'échappe encore, mais Gonzalès gravez bien ces mots dans votre mémoire : tôt ou tard, tout assassin commet une erreur. »

Gonzalès dodelina de la tête.

« Mais ce sont des suicides, vous l'avez dit vous-même. Comment est-ce qu'il peut y avoir un assassin ? »

Silencieux, ils poursuivirent leur route, chacun plongé dans ses pensées.

Sir Thomas Cuthbert Tirell

Situé dans ce somptueux quartier exclusif de Londres qu'est Mayfair, l'élégant hôtel particulier dégageait déjà à l'extérieur une aura de luxe et de raffinement. La façade, d'un ton rouge chaleureux, était entrecoupée de colonnes classiques, élancées et d'un blanc d'ivoire. De délicates frises l'ornaient. Elle semblait avoir été épargnée par les ravages de la dernière guerre et elle respirait la fraîcheur et la pureté. Les hautes fenêtres diffusaient une lumière douce sur les trottoirs enneigés.

Beanstock descendit de la voiture et leva les yeux, pour contempler la haute façade.

« Et dans cette jolie maison, quelqu'un aurait été assassiné ? Que triste ! »

« Señor Gonzalès, vous seriez très étonné, si vous appreniez ce qui se cache souvent derrière de jolies façades ! Justement, Mayfair, qui se trouve être un des plus anciens quartiers de Londres, a connu l'horreur. On prétend même que certaines de ces somptueuses demeures, au prix exorbitant, seraient hantées et des esprits auraient même été vus et plus d'une fois. »

Beanstock jeta un regard oblique amusé au chauffeur, qui observait la rue de haut en bas, les yeux écarquillés. Lorsqu'enfin, Gonzalès remarqua l'expression moqueuse sur le visage du majordome, il comprit qu'il était tombé dans le panneau.

« Maldito ! Ne faites pas ça avec moi ! »

Beanstock chercha des yeux l'entrée réservée au personnel ; en règle générale, on y accédait, dans ces hôtels particuliers, par un petit escalier, non loin de l'entrée principale. Il consulta sa montre gousset. Son rendez-vous était imminent.

« Señor Gonzalès, veuillez m'attendre ici. Je ne serai pas long. Et vous ne partez pas en vadrouille, je vous prie. »

Le chauffeur porta deux doigts à sa casquette et sortit son paquet de cigarettes de la poche.

« Vous devriez vous perdre cette habitude. Remplir les poumons de fumée est nuisible pour la santé. »

À ce moment précis, la porte d'entrée de l'hôtel particulier des Tirell s'ouvrit et le majordome de la famille apparut.

Avec son visage allongé, ses cheveux plutôt rares et ses oreilles en feuilles de chou, il avait tout d'un lévrier, qui mâchonnait une tranche de citron aigre. Extrêmement rigide, il se tenait à la porte, le menton levé, les yeux rivés sur sa montre à gousset. Beanstock dût penser immédiatement à la description qu'avait faite de lui l'inspecteur. Il devait, effectivement, avoir avalé plus d'un cintre, pour parvenir à une telle raideur affectée. Il se dirigea vers lui et s'inclina poliment.

« Vous devez être Mr Beanstock, je présume ? Il est seize heures, vous êtes attendu. » Il s'écarta pour le laisser passer et lui fit signe d'entrer.

Gonzalès avala la fumée de sa cigarette de travers et se mit à tousser très fort. Les deux messieurs, qui entraient dans la demeure, lui jetèrent un regard désapprobateur.

Le raffinement de l'extérieur n'était qu'un avant-goût de ce qui attendait Beanstock, dès qu'il pénétra à l'intérieur ;

tout n'y était que luxe et élégance, avec des sols en marbre poli, de magnifiques tapis orientaux, de hauts vases de Chine et de lourds rideaux de brocart, le tout dans une rare et parfaite harmonie.

Beanstock s'étonnait de ne pas avoir été invité à utiliser l'entrée réservée au personnel et le fit remarquer à voix basse au majordome des Tirell.

Le majordome se gratta la gorge, avant de lui expliquer, d'une voix nasillarde et arrogante, qu'il y avait eu changement de programme.

« Sir Thomas va vous recevoir personnellement. Soyez concis. Des tâches de plus haute importance l'attendent. »

Beanstock était surpris. Pour quelle raison le maître de céans, lui-même, se mêlait-il du suicide de sa servante? Le majordome des Tirell, qui s'était présenté sous le nom de Mr Brooks, guida Beanstock dans la partie arrière de l'hôtel particulier, où se trouvait le bureau du député Tirell. Il frappa doucement, puis ouvrit la porte, sans bruit.

« Sir, ce majordome est là et souhaite s'entretenir avec vous sur cette affaire fâcheuse. »

Sir Thomas plissa le front, irrité.

« Brooks, je vous prie de parler avec plus de respect de Miss Dashwood, si ce n'est pas trop vous demander ! »

Brooks, le majordome, leva un sourcil de dégoût et baissa la tête.

« Vous pouvez vous retirer. Je désire m'entretenir en tête-à-tête avec ce monsieur. »

C'était tout simplement impensable pour Brooks. Mais il devait se plier à cet ordre. Il tourna les talons et quitta la pièce, sans un mot.

Sir Thomas Tirell ferma un court instant ses yeux. Il pria ensuite Beanstock de prendre place sur un des fauteuils, placés autour de l'âtre, dans laquelle un feu crépitait.

« Puis-je vous proposer une boisson, Mr Beanstock ? »

Le majordome refusa poliment.

« Chez qui travaillez-vous comme majordome, si je puis vous poser la question ? »

« J'ai l'immense privilège de servir Sir Percival, baronnet de Parsley et son épouse, Lady Fedora, Sir. »

« Ah, oui ! Il me semble bien avoir rencontré un jour Sir Percival, lors d'un banquet en l'honneur de Sa Majesté. Un chic type, si je puis me permettre ! »

« Merci infiniment ! Vous avez trouvé le terme exact pour le dépeindre, si je puis à mon tour me permettre. »

Sir Thomas esquissa une ébauche de sourire. Il glissa ensuite la main dans la poche de son veston et déposa sur la table la broche sertie de la petite pâquerette, devant les yeux étonnés de Beanstock.

« Ainsi, vous l'avez prise à vous, Sir ? Je puis vous demander pour quelle raison ? »

« Je désirais vous parler seul à seul, pour une raison bien précise, Mr Beanstock. Je pense pouvoir compter sur votre discrétion ? »

Le majordome acquiesça d'un hochement de tête.

« Depuis que je connais Miss Dashwood, Susan, je l'ai toujours vue porter cette broche, sur le revers de sa blouse. Lorsqu'elle commença à travailler ici, comme servante, j'étais déjà mariée. Elle m'a apporté son soutien à une époque, où j'ai vécu une situation difficile. Je voudrais que vous compreniez exactement ce que je veux dire ! Nous avions un attachement tel l'un pour l'autre, comme je ne pourrai jamais l'avoir avec mon épouse. J'ai souhaité bien plus d'une fois mettre un terme à mon mariage. Et Susi ?

Elle m'a fait comprendre, en termes on ne peut plus clair, qu'en pareil cas, elle me quitterait sur-le-champ. Elle refusait que je mette en péril ce travail, qui me tient tant à cœur, pour une simple liaison. »

La façon, dont il insista sur ce dernier mot, bouleversa Beanstock.

« Mais il ne s'agissait pas d'une simple liaison pour moi, Mr Beanstock. Je l'ai sincèrement et profondément aimée et j'aurais tout laissé tomber pour elle. »

Beanstock ne répondit pas tout de suite.

« Votre épouse était-elle au courant, Sir Thomas ? »

Son interlocuteur secoua la tête, en signe de dénégation.

« En êtes-vous absolument certain ? Il peut arriver qu'une femme, soucieuse de préserver ses intérêts, s'accommode de certaines situations. »

« Non ! J'en suis tout à fait certain ! Pas même la personne aux oreilles baladeuses, qui lui est dévouée, n'a eu le moindre soupçon. Nous étions d'une discrétion sans faille et nous ne nous rencontrions qu'à l'extérieur. »

« Que voulez-vous dire par la personne aux oreilles vigilantes dans la maison, Sir? » demanda Beanstock, dont la curiosité s'était éveillée. Pour lui, de tels agissements au sein du personnel auraient été inacceptables. Il était persuadé qu'avec lui à la tête du personnel, il ne saurait y avoir de quelconques sombres intrigues, comme espionner les moindres faits et gestes des maîtres, sans qu'il ne fût au courant.

Sir Thomas se releva avec lourdeur. En dépit de son âge avancé et de son activité prenante à la chambre des Lords, c'était un homme très séduisant. De belles boucles châtain clair, dans lesquelles pointaient, çà et là, quelques mèches grises, encadraient son visage aux traits fins. Dans les yeux d'un bleu profond, Beanstock pouvait voir la douleur poignante causée par le décès de la jeune femme.

Le maître de maison se dirigea vers un bahut, sur lequel se trouvaient diverses carafes aux contenus doré ou brunâtre.

Mr Beanstock se leva à son tour et fut plus rapide que Sir Thomas. Il était avant tout majordome. Il prit un verre de cristal.

« Vous permettez que je vous verse à boire, Sir ? »

Sir Thomas esquissa un petit sourire et acquiesça, en montrant d'un signe de tête une carafe étincelante. Ensuite, il prit place et le majordome déposa le verre plein sur la table basse, près du fauteuil de Sir Thomas.

« Merci, Mr Beanstock. Vous êtes vraisemblablement un bon majordome ; par-contre, notre Mr Brooks, c'est tout autre chose. Oh ! Il exécute son travail avec soin, je le reconnais volontiers. Par-contre, il était déjà au service de celle qui allait devenir mon épouse et ils vinrent ensemble dans cette maison. Et je ne me fais guère d'illusions : je sais pertinemment qu'il lui rapporte le moindre de mes faits et gestes. C'est pourquoi Susi et moi n'avons jamais eu de tête-à-tête, ni de rendez-vous secrets dans cette maison. »

Beanstock, debout près de la cheminée, était songeur.

« Qui a donc découvert le corps de Miss Dashwood, Sir ? Il m'a été dit que c'est le majordome, Mr Brooks ? »

« C'est exact ! Il m'a téléphoné incessamment. Elle gisait sur le lit de sa chambre. Je n'ai aucune idée de ce qu'il faisait là. »

« Dans sa déposition faite auprès de la police, il a déclaré que Miss Dashwood n'était pas apparue le matin et elle n'avait pas, non plus, effectué ses tâches matinales. Il

107

alla alors vérifier et comme elle ne réagissait pas, lorsqu'il frappa à la porte de sa chambre, il entra dans la pièce. Je présume que c'est là que vous avez pris la broche. »

« S'est-il passé quelque chose d'inhabituel, ce jour-là ? »

Sir Thomas secoua la tête.

« Nous devrions peut-être poser la question à Brooks. »

Il se leva et tira sur la longue corde reliée à une cloche, contre le mur.

Beanstock découvrit la broche, sertie de la pâquerette et d'un geste rapide, la glissa discrètement dans la poche de son veston. Il n'était pas nécessaire que Brooks la voie.

Presqu'instantanément, le majordome apparut à la porte, avec son fameux visage pincé. Beanstock était plus ou moins sûr qu'il avait essayé d'écouter aux portes ; mais il savait aussi qu'en présence de telles portes massives, la tentative de Mr Brooks avait lamentablement échoué.

« Mr Brooks, souvenez-vous d'un fait inhabituel, le jour du décès de Miss Dashwood ? » l'interrogea Beanstock.

Brooks réfléchit un court instant, puis secoua la tête.

« Mis à part mon blâme au sujet de cette lettre, il ne s'est rien passé de différent des autres jours. »

Cette dernière phrase laissa Beanstock interdit.

« Une lettre ? Vous pourriez la décrire ? »

Le visage de Brooks s'allongea encore plus.

« C'était une grande enveloppe grise ; seul le nom, Susan Dashwood, y figurait.

Et à mon grand mécontentement, elle avait été déposée tout simplement sur le trottoir, devant la porte. J'ai fait remarquer à la servante que c'était de l'outrecuidance et que je ne tolérais pas ce genre de chose. Et je sais qu'elle n'a lu la lettre que le soir venu. Après cela, je n'ai plus revu cette enveloppe. »

Beanstock en savait assez. Il prit congé de Sir Thomas, avec une révérence. Puis il lui tendit la main, que celui-ci serra avec un plaisir manifeste. Avec une moue significative et un sourire complice, Sir Thomas salua le geste délicat de Beanstock, qui venait de lui mettre la petite broche dans le creux de la main, ce qui avait échappé à Brooks.

« Ce fut un plaisir pour moi. Je vous prie de saluer Sir Percival et Lady Fedora en mon nom et si je puis me permettre, j'aimerais ajouter que Leurs Seigneuries sont extrêmement chanceuses d'avoir un tel majordome. »

À cette dernière remarque, un pli de colère se dessina sur le visage de Brooks. Il raccompagna Beanstock à la porte, qu'il referma aussitôt, sans un mot d'adieu.

À l'extérieur, Gonzalès faisait les cent pas devant les marches.

« Eh bien ! On peut dire que ce Señor n'est pas prêt de vous oublier. Il n'a même pas perdu une seule minute, pour vous mettre à la porte. »

Beanstock monta dans la Bentley, sortit son petit calepin noir, pour noter ses impressions, sans faire la moindre allusion à la relation amoureuse entre le maître de maison et la servante. Dans ce cas précis, il trouvait cela plus judicieux. Il avait enregistré et bien rangé cette information dans son palais de mémoire.

« Où on va, Mr Beanstock ? »

« Dans la Baker Street, Señor Gonzalès. »

Un secret dans la Baker Street

À peine engagés dans la Baker Street, les deux messieurs aperçurent à quelque distance de là, Mrs Parish, qui allait et venait, sur le trottoir devant la maison. Elle portait une longue écharpe en laine autour des épaules et avait tout l'air d'attendre la venue de quelqu'un, avec la plus grande impatience. Elle toussait discrètement, de temps à autre, dans ses mains gantées.

Gonzalès gara la voiture et les deux messieurs descendirent du véhicule, sans oublier de prendre, de la banquette arrière, un des sachets pleins de sucreries.

« Ah ! Ces messieurs sont de retour ! Je m'en réjouis ! Je mets tout de suite de l'eau à bouillir, pour le thé, si vous avez l'obligeance d'attendre un instant ? » susurra Mrs Parish.

« Auriez-vous un quelconque souci, pour lequel nous pourrions peut-être vous aider ? » demanda Beanstock à la dame, qui ne pouvait cacher son anxiété.

« Ah ! Vraiment ! Cette enfant… elle aurait dû être de retour de l'école depuis un moment. Je me fais un sang d'encre. Mais allez donc à l'intérieur, messieurs ! »

« Je suis certain qu'il n'est rien arrivé à Lucinda. Je pense plutôt qu'elle est si absorbée dans ses jeux avec ses camarades de classe qu'elle en a oublié l'heure. Entrons ensemble dans la maison et dégustons tous les trois une tasse de thé. Il fait bien trop froid, dehors. »

Sur ces paroles réconfortantes, Beanstock poussa

doucement Mrs Parish, grelottant de froid, vers la porte d'entrée, qui s'ouvrit à la volée, laissant apparaître Lucinda, la petite disparue, dans le cadre de la porte. Elle tenait, au creux de son bras droit, son matou et à gauche, bien serré contre elle, un manuel scolaire.

« Mamie, mais qu'est-ce que tu fais dehors, par ce froid ? »

Mrs Parish ouvrit grands ses yeux et resta sans voix.

« D'où est-ce que tu viens, demoiselle ? » s'exclama-t-elle.

« J'étais dans ma chambre et je faisais mes devoirs. Ça fait un petit bout de temps que je suis là-haut ! Tu ne m'as donc pas entendue rentrer ? »

Mrs Parish ne savait que dire et se contentait, embarrassée, de regarder à tour de rôle l'enfant et les deux messieurs, qui souriaient.

Au pas de course, elle regagna l'intérieur de la maison, puis la cuisine. Aussitôt, on entendit le cliquetis de la vaisselle et l'eau couler.

Beanstock et Gonzalès accrochèrent leurs manteaux aux patères dans le couloir et suivirent Lucinda dans le salon.

Ils s'installèrent confortablement dans les fauteuils, puis Beanstock fit signe à la fillette de s'approcher. Il tenait à la main le sachet plein de douceurs, d'où montaient de délicieux effluves. Arthie s'escrimait à plonger sa tête de chat à l'intérieur. La fillette reluquait le mystérieux sachet.

Beanstock faisait languir la gamine.

« Luc, avant que je te donne ces friandises incroyables, tu dois d'abord nous expliquer comment tu as fait ça ? Tu sais bien que je n'ai pas cru un seul instant que tu étais ici depuis un moment, non ? »

Lucinda le regardait, pleine d'espoir. Elle passait sa

petite langue rose sur ses lèvres, avec gourmandise, comme si elle goûtait déjà aux bonbons.

« Et comment vous pouvez le savoir ? » lui demanda la petite, sur le qui-vive.

« En fait, tu ne portais peut-être pas ton manteau, pas non plus tes bottes… Mais dans la maison, tu ne portes jamais de cache-nez et quelques flocons de neige collaient encore à tes cheveux. De plus, ce livre, que tu tiens dans ta main, me dit que tu devais vite te décider, alors tu n'as pas pris le premier livre, qui se présentait à toi. Et ce n'était pas le bon. »

Luc regarda de plus près le livre.

« Bon sang ! » Elle pinça les lèvres. « Je dois vraiment mieux me préparer. »

Elle essaya ensuite de déchiffrer le titre du livre. « Sp… Ps… spy… psy… », elle essayait, en butant sur les mots. « Ça doit être de mon père. Il était quelque chose comme un sp… psy… un psych… Enfin, vous voyez ce que je veux dire. »

« Psychologie clinique et psychothérapie » lut Beanstock, d'une voix lente.

« On a un accord, toi et moi ? » l'interrogea-t-il.

Elle n'eut pas besoin de beaucoup de temps, pour y réfléchir.

Alors, elle regarda en direction de la porte du salon. Quand elle entendit que sa grand-mère s'affairait encore dans la cuisine, elle se pencha vers les deux messieurs.

« Juste contre notre jardin, se trouve la maison de Jimmy. Dans le grillage, il y a un petit trou, par lequel on peut se glisser. Mamie n'en a aucune idée. Rien que Jimmy et moi, on l'utilise, et Arthie, bien sûr. D'ailleurs, c'est grâce à lui que nous l'avons découvert. » chuchota-t-elle.

Beanstock parlait à voix basse, lui aussi.

« Qui est Jimmy ? »

« Mon meilleur copain de l'école. »

La porte de la cuisine s'ouvrit exactement à ce moment et Mrs Parish entra dans le salon, portant un plateau. Elle avait entendu la dernière phrase.

« Ah, oui ! Jimmy est un brave petit bonhomme. Il vient parfois chez nous et les deux font ensemble leurs devoirs. » La grand-mère de Lucinda babillait, tout en disposant les tasses et un plat, rempli de scones, sur la table.

Beanstock tendit à la fillette le sachet, qu'elle avait bien mérité. Lucinda s'en empara et eut alors un geste inattendu. Elle se précipita vers les deux messieurs, serra en premier Gonzalès dans ses bras, qui lui sourit, puis ce fut le tour de Beanstock, qui se gratta la gorge. Elle sortit en sautillant de la pièce, en claironnant joyeusement: « Merci ! Merci ! Merci ! »

Mrs Parish secoua la tête.

« Vous ne devriez pas gâter à ce point cette enfant. »

« Accordez-nous ce plaisir. C'est une joie pour nous. » rétorqua le majordome.

« Après notre thé, je vais devoir m'absenter de nouveau. Señor Gonzalès, vous pouvez rester ici et disposer du reste de la journée. Je dois retourner à l'hôtel *Langham* et mon petit doigt me dit qu'il s'y trouve les réponses à certaines de mes interrogations. »

« Pensez-vous être de retour pour le souper ? Il est déjà tard. » lui demanda la maîtresse de maison.

« Ne m'attendez pas ! Je mangerai à l'extérieur. »

Beanstock passa un coup de fil, dans le vestibule. Puis, il prit son manteau et quitta la maison.

L'hôtel Langham était, comme à l'accoutumée, plongé

dans le silence et dans l'obscurité et seuls, quelques réverbères diffusaient une pâleur diffuse sur l'imposante bâtisse. Rien ne portait à croire à un semblant de retour à la vie normale dans cette vénérable institution. À l'entrée de l'hôtel, pas de portier, dans son impeccable uniforme, propre comme un sou neuf, pour accueillir la clientèle d'un chaleureux : « Bienvenue ! »… Pas de bagagiste, portant les bagages des clients…Pas de concierge à la réception, pour s'enquérir poliment du nom des clients et confier ensuite au bagagiste la clé dorée de la suite. L'hôtel semblait encore plongé dans un long sommeil profond et son sort était entre d'autres mains.

Beanstock passa devant le portail de l'entrée de l'hôtel, pour gagner la porte, à l'arrière du bâtiment.

Mr Black l'attendait déjà. Aujourd'hui, il n'avait pas revêtu cette chemise violette, en soie, sous son costume. Par-contre, le petit homme rondouillard ne passait pas inaperçu, avec sa chemise d'un vert intense et lumineux. La porte s'ouvrit derrière Mr Black et Edgar Clemm, le gardien, coiffé de son chapeau et vêtu de son manteau, apparut.

« Enfin ! Ma journée de travail est terminée. » laissa-t-il entendre, dans un soupir de soulagement. « Beaucoup à faire, aujourd'hui. La chaudière, au sous-sol, se fait vieille. Je lui demande chaque jour de tenir encore le coup. Il faudra bientôt la remplacer, sans quoi vous allez vous geler, là-haut, dans la tour. Et maintenant, c'est l'heure de ma petite bière bien fraîche. »

Il tapota légèrement sur son chapeau et souhaita aux messieurs une bonne soirée.

Mr Black lui glissa quelques pièces.

« Buvez donc une bière pour nous, Edgar et une bonne

soirée à vous. »

Avec un sourire radieux sur le visage, l'intendant partit, en fredonnant une chanson. Songeur, le majordome le suivit du regard.

Les deux messieurs longèrent, en silence, les longs couloirs interminables, faiblement éclairés, de l'hôtel *Langham*. Lorsque l'ascenseur parvint au dernier étage, ils se retrouvèrent, de nouveau, dans le sanctuaire de la guilde *Daisy Chain*.

Une dame d'un certain âge les accueillit. Elle prit le manteau du majordome.

Le feu brûlait dans la cheminée et enveloppait le grand bureau d'une douce chaleur. Un plateau, avec une théière et des tasses, les attendait déjà sur la table basse.

« Je vous en prie, installez-vous et faites-moi part des nouveaux éléments à votre connaissance. » Mr Black enjoignit le majordome. « Si vous me le permettez, je souhaiterais d'abord vous présenter ma secrétaire, Mrs Pruster, la bonne fée, qui veille à mettre de l'ordre dans le chaos de mon bureau, si je peux m'exprimer ainsi. »

Mrs Pruster se voûta, en pouffant de rire et de petites taches roses colorèrent ses joues. Gênée, elle croisa et décroisa ses mains, qu'elle se mit à triturer, l'une dans l'autre, en alternant, comme s'il se fût agi de pâte levée. Mrs Pruster était une dame maigre, d'une soixantaine d'années et elle dépassait Mr Black d'une bonne tête. Elle avait une abondante chevelure grise, qu'elle avait entrelacée et remontée en un chignon compliqué. Elle portait, pour seul bijou, une petite broche, sertie d'une pâquerette, sur le revers de son costume gris souris. Ils s'assirent et Mrs Pruster s'empara de la théière et servit le thé.

115

« Comment prenez-vous votre thé, Mr Beanstock ? Un nuage de lait, du sucre ou rien des deux ? »

« Seulement une demi-cuillère à thé de sucre et deux cuillerées de lait, s'il vous plaît, Mrs Pruster. Je vous remercie. » répliqua le majordome.

« Oh ! Appelez-moi Prissy, je vous en prie. Depuis des années, je suis habituée à ce que l'on m'appelle ainsi. » Et elle ne put retenir un nouveau gloussement.

À présent, chacun tenait une tasse de thé à la main et un curieux silence se fit dans le bureau ; on entendait seulement Mr Black, qui aspirait son thé bruyamment, à petites gorgées.

Beanstock lui fit part de ses dernières connaissances. Il le mit au courant du suicide du jardinier. Mr Black accueillit cette désolante nouvelle d'un triste hochement de tête. Le regard interrogateur, il se tourna ensuite vers Mrs Prissy.

« Que pouvez-vous me dire sur le cambriolage ici ? Avez-vous pu constater si quelque chose manque ? »

Prissy reposa sa tasse sur la table. Il était évident que toute cette histoire la rendait mal à l'aise.

« J'ai pu jeter un coup d'œil rapide, même si je ne peux pas imaginer ce que quelqu'un peut bien faire avec ces trucs vieux comme le monde. Il manque plusieurs dossiers. Quand j'ai commencé à travailler ici, il y a des années de cela, pour l'ancien Mr Black, j'ai essayé de mettre un peu d'ordre dans tout ce chaos. »

Elle regarda son employeur d'un air contrit.

« J'ai alors commencé à classer chacun des documents dans l'ordre chronologique et parallèlement, j'ai dressé une liste des faits concernés et l'endroit exact, où était entreposé le fichier en question, ici dans nos archives. Avec ce vol, tout a été jeté parterre et mis sens dessus-dessous. Par chance, cette liste m'est maintenant très utile. J'ai réussi à découvrir quelques trucs. Ce qui est sûr, c'est qu'il manque plusieurs fichiers. On peut même aller jusqu'à dire que l'ensemble des documents entre 1920 et 1940 ont disparu. Mais je n'ai pas encore tout parcouru. Je ne vois aucun sens à ce qui s'est produit. Qui pourrait bien trouver une quelconque utilité à cette vieille paperasse ? Tout cela remonte à si longtemps. »

Beanstock réfléchit.

« Pouvez-vous me montrer cette liste ? Peut-être que nous pourrons ensemble reconnaître un détail ? »

Prissy se leva et prit une pile de papiers, qui étaient sur le bureau. « J'ai coché d'une croix les fichiers et documents manquants. »

Avec une attention soutenue, Beanstock étudia le tableau, que Prissy avait dressé soigneusement et passa son doigt au-dessus des inscriptions. Il interrompit son geste, l'index en suspens, sur une ligne marquée d'une croix.

« Nous avons ici un fichier de l'année 1935 : le nom inscrit, avant l'emplacement et le numéro de l'étagère, est celui de John Stilton, jardinier depuis 1920 chez la Contessa de Fronti et son époux, le Conte de Fronti. » Beanstock poursuivit, ligne par ligne, sa lecture, facilitée par le travail ordonné et méticuleux de Prissy.

« Là, » annonça-t-il, « en 1940, la jeune servante, Susan Dashwood, employée chez le député Thomas Cuthbert Tirell. Avez-vous une idée des faits enregistrés dans ce dossier ? Si nous avons en savons plus sur les évènements survenus, nous pourrons mieux saisir les raisons qui ont motivé ces suicides et peut-être nous sera-t-il alors possible d'identifier le coupable. »

117

« Comme je vous l'ai dit, je n'ai pas encore terminé mes recherches ! » déclara Prissy « et nous n'avons pas vraiment d'idée précise sur les fichiers entreposés. Ce n'est que lorsqu'il a besoin de tel ou tel fichier, que Mr Black étudie le dossier, pour pouvoir apporter son aide, vous comprenez ? »

Beanstock continua à parcourir les feuillets. Il remarqua, certes, de nombreuses croix, mais il lui fut impossible de trouver un lien quelconque avec les suicides.

« Mrs Prissy, pouvez-vous attribuer les fichiers, que vous avez signalisés d'une croix, à des employés de maison, ici, à Londres ? » la questionna Beanstock, en lui tendant plusieurs feuillets.

« Prissy, tout simplement, Mr Beanstock. » La secrétaire se pencha sur les listes figurant sur les papiers et les étudia.

« Je dirais que certains de ces papiers ne sont plus d'aucune importance, les dames et les messieurs en question sont décédés ou alors, ils ont quitté la capitale. Prenez, par exemple, Mr Summerfield, domestique ici, à Londres. Je sais qu'il vit maintenant dans le Pays de Galles, chez sa fille. Pourquoi posez-vous cette question ? »

« Je suis d'avis que le cambrioleur s'est concentré sur des cas actuels, dans cette ville. Il ou elle va continuer à employer la même méthode. Tout meurtrier en série travaille d'après un mode opératoire bien défini, que l'on peut identifier. »

Mr Black et sa secrétaire se regardèrent, consternés.

« Que racontez-vous là ? Un tueur en série ? Beanstock, vous n'êtes pas sérieux, n'est-ce pas ? » le pressa Mr Black.

« Je regrette, mais je suis on ne peut plus sérieux. Vérifiez de vous-même la liste des victimes. Je suis sûr que nous ne sommes pas au bout de nos peines. Et en y réfléchissant bien, nous aboutissons à la même interrogation : Comment le cambrioleur a-t-il pu avoir accès à ce bureau ? Mr Black, vous disiez que vous seul êtes en possession de la clé de l'ascenseur, c'est bien ça ? »

Mr Black hocha la tête. « Et il ne manque aucune des deux clés. »

Beanstock resta interdit.

« Comment le cambrioleur est-il monté jusqu'ici ? Il doit bien exister d'autres clés pour l'ascenseur. Qu'en est-il des anciens employés de l'hôtel ? Lors de la fermeture de l'hôtel, les employés ont-ils tous remis, sans exception, leurs clés ? »

« Ce n'est pas possible, Beanstock ! » rétorqua Mr Black. « Pour monter à cet étage, sous les toits, il n'existe qu'une seule et unique clé. Les autres ne permettent pas d'accéder à cet étage. Cela a été mis en place par un autre Mr Black, dans le passé et l'ascenseur est lui-même équipé de ce dispositif sécurisé. »

Beanstock contempla le petit monsieur d'un air sceptique.

« Mais vous venez, à l'instant, d'évoquer deux clés, non ? »

« Oui ! Bien sûr ! Je pensais, lorsque j'ai embauché Prissy, qu'il serait souhaitable qu'elle puisse monter, sans moi, ici. Je n'ai pas eu de difficulté à faire reproduire la clé chez un serrurier. »

Lorsqu'il acheva sa phrase, il réalisa, tout à coup, qu'il était peut-être, lui seul, responsable de l'effraction. Il roula des yeux et jeta un regard horrifié aux deux personnes, assises sur le canapé.

« Oh ! Mon Dieu ! Je suis responsable de ce malheur. Je

me suis séparé de la clé. Mais où ai-je fait ce double des clés ? Ah ! Ma mémoire me joue des tours. Je ne m'en souviens pas. En fin de compte, j'ai peut-être également la… » Il ne put achever sa phrase et des gouttes de sueur perlèrent à son front.

Prissy s'installa près de lui et lui caressa la main, dans un geste apaisant.

Beanstock se leva, pour s'approcher d'une des grandes fenêtres. Elles offraient une vue époustouflante sur la ville de Londres, à la tombée du jour.

« Vous n'avez pas aucune raison de vous sentir responsable, Sir. Le cambrioleur aurait trouvé le moyen, d'une façon ou d'une autre, d'exécuter son dessein. Il aurait tout aussi bien pu s'en prendre physiquement à Mrs Pruster ou à vous, pour s'emparer de la clé. Je pense, en fait, qu'il s'agit d'un initié. Lui ou elle en sait beaucoup sur notre organisation. Mr Black, Mrs Prissy, je voudrais vous demander de fixer votre attention uniquement sur les fichiers actuels, ici, à Londres. Nous devons à tout prix apprendre si la vie d'une autre personne est éventuellement en danger. »

Lorsque Beanstock quitta le bureau sous les toits, au-dessus de Londres, il reprit le chemin du retour pour la pension, dans la Baker Street, sans se presser, plongé dans ses pensées. Il avait quitté Mr Black, le laissant désemparé et ébranlé.

Prissy s'occuperait de lui, il n'était pas seul.

Cette pensée rassura le majordome. Quand Beanstock avait pris congé d'eux, le petit bonhomme avait alors appris à Beanstock qu'il n'était toujours pas parvenu à obtenir un rendez-vous pour un entretien, auprès de la famille

Shamway. L'employeur d'Hortense Peachwood prétextait sans cesse des affaires pressantes.

Les jours suivants, Prissy et Mr Black allaient avoir du pain sur la planche, pour réussir à mettre à jour la liste des dossiers et fichiers dérobés.

Beanstock avait une certitude : cette série de suicides était loin de toucher à sa fin. Perdu dans ses pensées, il s'arrêta et constata que ses pas l'avaient mené à la porte du pub. *The smoking Snooper* était encore éclairé. Le tenancier n'avait pas encore annoncé la dernière commande.

Beanstock pénétra à l'intérieur du local, faiblement éclairé et alla s'asseoir au même endroit, à la table ronde, dans le coin. Comme par magie, une stout bien fraîche apparut presqu'immédiatement sur la table et il croisa le regard vert lumineux, empreint de joie, de Fennie.

« Savourez votre bière brune. Il semble que la journée n'ait pas été particulièrement réjouissante, ou est-ce que je me trompe ? »

Beanstock la remercia et secoua la tête, en signe de dénégation. Et pourtant, il se sentait un peu mieux. Il leva son verre, pour boire à la santé de la jeune fille, avant d'avaler une grande gorgée de bière.

« Que diriez-vous d'un sandwich ? » demanda Fennie.

Beanstock refusa d'un signe de la tête. Big Jim ne perdait pas une miette de la scène et une ride profonde barrait son front.

La maison frêle dans la Baker Street 116 b dormait d'un sommeil profond, dans la lumière blanchâtre de la lune. Beanstock sortit prudemment la clé de la poche de son gros manteau et l'introduisit sans bruit dans la serrure.

À quelques pas de là, il entendit des pas.

121

Quelqu'un sifflait doucement une mélodie, qui s'élevait dans cette froide nuit d'hiver. Soudain, comme si elle obéissait à un ordre invisible et mystérieux, de gros flocons tombèrent du ciel et ils s'accrochèrent au manteau de Beanstock, en formant de petites taches blanches. Beanstock regarda autour de lui et tenta de découvrir d'où venait ce sifflement. Il n'y parvint pas.

Qu'avait donc signalé le jeune constable à l'inspecteur Morris ? *It's only a Papermoon* ? L'officier avait entendu, à deux endroits où avait eu lieu un suicide, quelqu'un siffler doucement cet air-là. Et c'est précisément cette mélodie qu'entendait maintenant Beanstock.

Cela ne rimait à rien.

« Pour l'instant… » murmura-t-il, à voix basse. « … et pourtant, chaque criminel commet une erreur, à un moment ou à un autre. Toi aussi ! Tu n'es pas un génie et tu finiras bien par faire une erreur. Je vais te coincer et tu vas payer pour tes crimes. »

À présent, la mélodie s'était tue et la Baker Street continua son petit somme, dans le silence de la nuit, sous la douce lumière des réverbères. Se pourrait-il qu'il fût plus proche encore du meurtrier qu'il n'en avait eu conscience ? Celui-ci se sentirait-il alors menacé ? Peut-être ferait-il preuve alors d'inattention et ce serait l'étourderie que Beanstock espérait.

Il pénétra à pas feutrés dans la pension et verrouilla la porte, par précaution, en tournant deux fois la clé dans la serrure.

Il appuya sur la poignée, pour s'assurer que la porte était bel et bien fermée.

Il monta, sans bruit, à sa chambre. Là, il suspendit, avec le plus grand soin, son costume sur un cintre, puis se lava le visage et s'allongea sur le lit. Il tomba immédiatement dans un sommeil agité.

Hortense, ma brave nourrice au cœur d'or

Les deux messieurs de Parsley Field eurent la surprise de découvrir, à leur réveil, un temps beaucoup plus clément, ainsi qu'un délicieux petit-déjeuner, qui les attendait.

Beanstock était occupé à cogiter en silence, tandis que Gonzalès croquait à pleines dents dans un autre pain aux raisins brioché, doré et fondant, à souhait. Cet homme semblait tout simplement inébranlable. Son naturel foncièrement enjoué et heureux, doublé de son charme latin... voilà qui faisait un joli mélange explosif ! Beanstock observait Gonzalès, avec un regard fasciné, lui, dont l'éducation avait été parfois quelque peu rigide.

Mrs Parish apparut à la porte du salon, avec du thé frais. De la théière, montait un effluve doux et subtil. En secouant la tête, d'un air de reproche, elle remplit les tasses vides.

« Mr Beanstock, il faut vraiment que vous mangiez quelque chose. Je suis certaine que vous n'avez rien dîné, hier soir et vous voilà, assis, depuis une bonne demi-heure, devant votre assiette, désespérément vide, le regard rivé sur ses motifs floraux. Vous ne pouvez pas rester à jeun. Prenez exemple sur votre ami : il a un solide appétit, n'est-ce pas, Señor Gonzalès ? »

Celui-ci continuait à mâcher et se contenta d'un simple hochement de la tête, puis il tartina abondamment son scone de confiture rouge coquelicot, délicieusement sucrée.

Beanstock leva les yeux et pour la première fois depuis

son réveil, il sourit.

« Voilà qui est mieux ! Et maintenant, tâchez de manger un peu, sinon je ne vous laisse pas quitter la maison, avec le ventre vide ! »

Elle prit alors la petite pince en argent et déposa un pain brioché aux raisins dans l'assiette de Beanstock.

« Et si vous voulez poser la question, non ! Il n'y a pas de bouillie de flocons d'avoine, malheureusement. Ce matin, j'ai vu que le lait avait tourné et j'attends maintenant que le livreur de lait m'apporte une nouvelle bouteille. »

La vieille dame eut un mouvement de tête satisfait, puis elle quitta la pièce.

Beanstock l'entendit tousser, dans la cuisine. Il avait déjà remarqué plusieurs fois que Mrs Parish avait cette toux sèche et désagréable. Peut-être devrait-il l'inciter à consulter un médecin. Ce terrible brouillard, cette grande fumée dense, avait provoqué la mort de nombreuses personnes.

Beanstock considéra le petit pain brioché, avec une moue dédaigneuse.

Pour être d'attaque et bien démarrer sa journée, il avait absolument besoin de son rituel du matin - un thé, avec la moitié d'une cuillère à thé de sucre et deux cuillères à thé de lait, un petit bol de bouillie de flocons d'avoine, avec une cuillère à thé de sucre et éventuellement, s'il était de bonne humeur, une pomme, coupée en petits morceaux.

Cette innocente bouchée de pâte était un outrage à son tempérament, d'ordinaire flegmatique.

Et la musique matinale lui manquait cruellement.

Gonzalès le dévisagea et secoua la tête. Après avoir enfin avalé sa dernière bouchée, il jeta un regard plein d'espoir au majordome.

« Qu'est-ce qu'on va faire, aujourd'hui, Señor ? »

« Ce matin, nous nous rendrons dans le quartier de Belgravia, rendre visite à la famille Shamway. Il est vrai que je n'ai pas de rendez-vous, mais je veux enfin en savoir plus sur les dernières heures de ma vieille amie. Je vais essayer de m'entretenir avec la fille de la famille Shamway, Mrs Marlène Winestein. Dans sa déposition, figure qu'Hortense a été sa nourrice et qu'elle entretenait un lien privilégié avec la vieille dame.

Cet après-midi, j'aurai une entrevue avec Mrs Pott, la gouvernante de Lord of Pearpie. Il sera question de la première victime, le majordome Bensonman.

Nous avons rendez-vous avec elle à seize heures au pub *Wild Dressman*, à Richmond upon Thames, en banlieue de Londres. Donc, vous n'aurez pas beaucoup de temps pour vous, Gonzalès. »

« Vous comptez manger votre scone ? » répondit celui-ci. Une fois que le majordome, désolé, eut secoué la tête, Gonzalès s'empressa de le prendre et le tartina généreusement de marmelade, puis il croqua avec délectation dans son gâteau.

Le majordome poussa un long soupir et se résigna à piocher une pomme dans la corbeille sur le buffet du salon. Après avoir constaté qu'il s'agissait d'un fruit en cire, il le remit instantanément à sa place. Il soupira une nouvelle fois.

À dix heures précises, ils partirent tous deux pour Belgravia. Du fait de sa proximité avec le palais de Buckingham, il était devenu LE quartier le plus cossu de la capitale. Vieille noblesse et nouveaux riches résidaient ici. Et il accueillait depuis peu de nombreuses ambassades et consulats étrangers, qui avaient décidé d'élire domicile à cette prestigieuse adresse.

Laissant derrière elle Hyde Park, la Bentley arriva rapidement au numéro 5 d'Eaton Place.

La majestueuse demeure était en tout point semblable à ses voisines et arborait une façade de stuc d'un blanc éclatant. Deux colonnes altières se dressaient de part et d'autre de l'entrée et plusieurs marches menaient à la porte.

Gonzalès gara la voiture et éteignit le moteur. Beanstock ne semblait pas vouloir descendre. Afin d'attirer son attention, Le chauffeur pianota sur le volant un air de flamenco, jusqu'à ce qu'il réussit enfin à attirer l'attention du majordome.

« Qu'attendez-vous au juste, Señor ? »

« Le fait est que je ne suis guère habitué à sonner, à l'improviste, à l'entrée principale d'une maison, pour demander à m'entretenir avec la maîtresse de maison. Je dois réfléchir à une approche. »

Le chauffeur hocha la tête, descendit de la limousine, il grimpa les quelques marches jusqu'à la porte. Il retira sa casquette de chauffeur, la coinça sous son bras et frappa.

Beanstock était médusé.

La porte s'ouvrit rapidement et une bonne apparut. Beanstock descendit de la Bentley et fit quelques pas vers la porte, pour entendre ce que Gonzalès allait dire.

« Mr Beanstock de Parsley Manor, à Parsley Field désire parler à Mrs Marlène Winestein. Il s'agit d'une affaire hautement personnelle et concerne Hortense Peachwood, l'ancienne gouvernante de votre maîtresse. Pourriez-vous l'annoncer, je vous prie ? » Il fit un clin d'œil, accompagné d'un sourire charmeur, à la jolie jeune fille. Beanstock sentit une vague de chaleur monter le long de sa nuque. La jeune fille pouffa et ouvrit grand la porte, pour permettre aux messieurs de rentrer.

Gonzalès se tourna légèrement vers Beanstock, avec un petit air supérieur.

« Avec plaisir, Señor ! »

« Vous m'attendez dans la voiture, Gonzalès ! »

Par chance, seul, Gonzalès put voir le visage désappointé de la jeune fille.

« Je vous prie d'attendre un instant, dans le vestibule. Je vais de ce pas demander à Mrs Winestein, si elle a du temps à vous consacrer. »

Elle plia légèrement le genou, esquissant une jolie révérence et monta le large escalier de marbre, pour se rendre à l'étage. Entre-temps, Beanstock évalua, de son regard expérimenté de majordome, le mobilier somptueux. Il conclut qu'il s'agissait de meubles rares, extrêmement coûteux et dont l'entretien devait être particulièrement pénible. Tout donnait à penser que l'on avait habilement exposé autant d'antiquités que faire se peut, dans cet immense vestibule, offertes à l'admiration des visiteurs ébahis.

L'inspecteur Morris avait appris à Beanstock que le maître de maison, Gordon Shamway, travaillait comme commissaire-priseur pour Christie's, la très renommée maison de vente aux enchères. Beanstock ne s'était pas attendu à ce que cette activité fût manifestement si lucrative.

Il contempla, d'un regard critique, son reflet dans le monumental miroir baroque au cadre richement décoré d'or. Comme une table massive, jonchée de vases et de sculptures de diverses époques, se trouvait sous le miroir, Beanstock dut se pencher et il s'en fallut de peu qu'il renversât un petit vase. Et bien entendu, la jeune

128

domestique arriva à ce moment précis. Avec un sourire aux lèvres, elle s'inclina.

« Mrs Winestein vous recevra dans son salon. »

Elle fit signe à Beanstock de la suivre et ils grimpèrent tous deux l'escalier.

Parvenu au premier étage, Beanstock eut l'impression de se trouver dans une toute autre maison. Ici, tout était d'un goût raffiné et résolument moderne. La bonne le guida vers une porte, à sa droite et frappa doucement. On entendit à peine une voix souffler : « Entrez ! »

Beanstock obtempéra et se trouva face à une jeune femme.

« Mr Beanstock, vous venez de Parsley Field ? Je suis ravie de faire enfin votre connaissance. Pourquoi n'êtes-vous pas venu plus tôt ? Je n'ai entendu que des éloges à votre sujet. J'ai l'impression que nous nous connaissons de longue date. » Elle désigna de la main les fauteuils et le canapé regroupés devant la fenêtre et prit place, elle aussi.

C'était une vraie beauté, avec ses longs cheveux noir ébène, bouclés et un sourire chavirant, absolument irrésistible. Pour seul bijou, une barrette en argent, retenant les flots de sa chevelure, scintillait. Cependant, ni le timbre empreint de désarroi de sa voix, ni les cernes sombres qui creusaient ses yeux, témoignant sans doute de longues nuits blanches, n'échappèrent à Beanstock.

« Vous souhaitez certainement vous entretenir avec moi de ma très chère Miss Peachwood, Hortense, n'est-ce pas ? »

Beanstock approuva d'un signe de tête.

« J'étais très liée à ma nourrice. Je n'ai pas souvenir d'un seul moment de mon enfance, pendant lequel elle n'était pas à mes côtés. Je l'ai aimée tendrement, Mr Beanstock, comme on aime sa maman. Mes parents sont… comment dire ? … compliqués. »

Elle fit une courte pause et baissa le regard sur ses mains, comme si elle devait avoir honte.

« Pourriez-vous me raconter comment ont été les ultimes heures d'Hortense ? Je sais que vous avez été la dernière personne à l'avoir vue. Je vous prie de pardonner mon insistance. En parler est certainement très douloureux pour vous. »

La jeune femme leva la main, en signe de dénégation.

« Non ! Cela va aller. Je ne peux pas me confier à mon père. Il a toujours été extrêmement distant et réservé, uniquement intéressé par sa petite personne. J'ai presque eu le sentiment qu'il était satisfait que ma Nounou Hortense nous ait quittés. C'est ainsi que je l'ai toujours appelée. » Un sourire fugace illumina l'espace d'un instant son visage pâle comme un linge.

« Je vous en prie, racontez-moi. Comment était votre nourrice sa toute dernière journée ? » demanda Beanstock prudemment.

Mrs Winestein s'enfonça dans son fauteuil et laissa son regard errer dans le lointain.

« C'était un jour avant que mon bébé vienne au monde. Le matin, le courrier était arrivé et il était posé sur une chaise dans le vestibule, comme d'habitude, puisqu'il n'y a pas la moindre place sur cette table encombrée. » Elle se tut un court instant. « Je disais donc… le courrier. Je le parcourus rapidement du regard et remarquai alors une grande enveloppe grise. Il n'y figurait que le nom de ma nounou. Ni timbre, ni adresse, ni expéditeur. Alors, je me rendis sous les toits, dans l'appartement mansardé d'Hortense. J'avais fait remarquer de nombreuses fois à mon père que c'était bien trop pénible pour Hortense d'habiter tout là-haut. Il répondait chaque fois qu'en lui forçant un peu la main, elle ne se promènerait pas inutilement dans les parages et elle n'aurait d'autre choix que de savourer enfin la quiétude de sa retraite. Je trouvais que c'était là un bien curieux argument.

Donc, je suis allée tout en haut, j'ai frappé à la porte et je lui ai remis l'enveloppe. Elle allait très bien, même si j'ai remarqué l'album de photos, ouvert sur ses genoux et son regard embué de larmes. Chaque fois qu'elle le parcourait, elle était terriblement bouleversée. Certainement, parce qu'elle pensait alors à tous ces enfants. Elle me gronda mollement, me recommandant de prendre garde à moi et ensuite… »

Elle s'interrompit et sortit de la poche de sa robe un mouchoir, avec lequel elle se tamponna les yeux.

« Pardonnez-moi, mais je m'en veux tellement ! Peut-être aurais-je dû m'y attendre ? Peut-être aurais-je pu l'empêcher ? » Angoissée, elle contempla Beanstock.

« Mrs Winestein, je suis d'avis que vous n'auriez rien pu y changer. Hortense en avait décidé ainsi. Mais si cela ne vous dérange pas, je souhaiterais jeter un coup d'œil à cet album de photos, que vous venez d'évoquer. »

Elle se leva immédiatement et se dirigea vers un secrétaire, contre la cheminée. Après l'avoir ouvert, elle prit avec une infinie précaution un vieil album élimé. Elle le caressa tendrement de la main et un sourire plein de tendresse éclaira, de nouveau, son visage.

« Mon père n'a pas perdu une minute, pour vider l'appartement mansardé. J'ai réussi à mettre de côté quelques souvenirs. Il l'ignore et je souhaite qu'il ne

131

l'apprenne pas, Mr Beanstock. Je n'ai plus personne d'autre, à l'exception peut-être de mon époux. Ma mère a toujours été inaccessible, elle n'a jamais eu un moment pour moi, sa fille et nous n'avons, dans cette famille, aucun autre proche. »

Elle lui tendit le petit album vert. À cet instant précis, la porte s'ouvrit à toute volée et un monsieur d'un certain âge surgit. Beanstock dissimula, dans un geste instinctif, l'album sous son veston.

« Que diable se passe-t-il ici, Marlène ? Je n'en reviens pas ! Tu discutes tout simplement, comme ça, avec un parfait inconnu, sur des questions d'ordre strictement privé. »

La fureur du monsieur était palpable. Il était de haute taille. Avec son visage étroit aux traits fins et son opulente chevelure noire, Beanstock pouvait reconnaître, sans l'ombre d'un doute, un lien de parenté évident avec Mrs Winestein. Il en conclut qu'il se trouvait, là, en présence du maître de maison, cette personne pas particulièrement appréciée.

Sa voix cinglait comme un fouet, tonitruante, autoritaire, ne souffrant aucune discussion.

« J'avais signalé à la police que je souhaitais que ma famille et moi-même ne soyons plus importunés. »

« Ce monsieur n'est pas de la police, père, c'était un très bon ami de nounou Hortense et il voulait seulement se… »

Sans ménagement, son père la stoppa net.

« Quand bien même! Elle a vécu dans cette maison, elle est morte ici et il n'y a rien de plus à ajouter. Je vous prie de nous quitter, Mr… »

« Beanstock, Sir. Mon Name est Mr Beanstock. »

C'est alors qu'un autre monsieur apparut dans

132

l'embrasure de la porte. Le salon commençait à être plein, d'autant plus qu'une servante vint, un plateau de thé, dans les mains. Comme Beanstock le noterait plus tard, dans son calepin, ce fut une véritable chance, pas uniquement pour lui, mais aussi et surtout pour la pauvre Marlène Winestein. Ce monsieur était plus jeune que le maître de céans. Il appréhenda sur-le-champ la situation délicate. Beanstock ne manqua pas de prendre note du costume seyant, taillé sur mesure, de l'apparence très soignée et des chaussures faites main. L'œil exercé de Beanstock reconnut qu'elles étaient l'œuvre de John Lobb, ce fabricant de chaussures sur mesure, qui livrait, depuis 1849, aux gentlemen cossus, des chaussures d'une qualité remarquable.

Le monsieur se présenta sous le nom de Mr Winestein, il se plaça près de sa femme, qui le regardait, en affichant maintenant un sourire de bonheur.

« Mr Shamway » dit-il, en s'adressant à son beau-père, « est-il vraiment nécessaire que vous traitiez de nouveau mon épouse de la sorte ? Je me suis déjà entretenu avec vous à ce sujet. Puisqu'apparemment notre entretien a été infructueux, j'ai pris une résolution. Je nous ai acheté une maison à Mayfair et nous y aménagerons cette semaine. Je souhaite soustraire mon épouse à votre joug tyrannique. »

Le visage de Shamway s'empourpra d'indignation.

« Comment oses-tu me parler sur ce ton et, qui plus est, en présence de tierces personnes ? »

Ce disant, il désigna d'une main tremblante Beanstock, qui se sentait mal à l'aise et également la servante, qui avait l'air de trouver cela particulièrement réjouissant. Cet épisode allait se répandre comme un feu de poudre dans l'espace réservé au personnel domestique et serait pendant des semaines et des semaines le sujet de prédilection de toutes les discussions. Et elle serait la star de ce drame.

« Ma chérie, nous voulons ranger nos affaires maintenant. Mon majordome m'a accompagné et il va te prêter main forte. Il va se charger de tout le nécessaire et nous accompagnera dans notre nouveau foyer. »

Marlène Winestein, née Shamway, avait été si dévouée à son père qu'elle en sacrifiait même sa propre personne, opprimée jusqu'à son union avec le défenseur de la veuve et l'orphelin, ici présent, Simon Winestein, devenu millionnaire, grâce à la vente de whisky, jusqu'aux États-Unis lointains. Elle se leva et enlaça son époux, le visage transfiguré de bonheur.

C'en était trop pour le maître de céans. Il pivota sur ses talons et quitta le salon, écumant de rage. Il était, de toute évidence, sujet à des accès de fureur et des explosions de colère et donnait l'impression, en outre, d'être une personne singulière. Beanstock ne pouvait pas imaginer comment il pouvait bien concilier cela avec son activité dans une maison de ventes aux enchères, telle que Christie. Cela lui paraissait difficile à avaler.

Lui, le majordome si digne, d'une réserve exemplaire, se sentait désarmé devant une pareille explosion de sentiments.

Il prit congé.

« Ne souhaitez-vous pas rester et déguster une tasse de thé avec nous ? Je vous suis si reconnaissante de nous avoir rendu visite, aujourd'hui. Curieusement, je me sens plus légère, maintenant. Mon adorable nounou aurait été très heureuse pour moi. Elle me répétait toujours que je devais quitter cette maison, mais je craignais mon père. Ma mère était différente. Elle a choisi, il y a bien longtemps, de se séparer de lui. »

134

Beanstock s'inclina et promit de lui rendre l'album. Il était heureux de pouvoir enfin quitter cet asile de fous. Arrivé à la Bentley, il prit son mouchoir et essuya son front couvert de sueur.

« Maldito, Señor Beanstock, qu'est-ce qu'ils vous ont fait, dedans ? Vous n'avez pas l'air dans votre assiette. »

Beanstock poussa un long soupir.

« Allons boire un thé et manger quelque chose. Il se trouve que je connais un bon pub. »

Gonzalès en resta coi. « Vous connaissez un bon pub? London ne vous fait pas de bien, Señor! Vraiment pas! » Il alluma le moteur de la Bentley, en secouant la tête et prit la direction de la Baker Street.

Il gara la voiture juste devant le *Smoking Snooper* et tous deux entrèrent dans le pub, encore pratiquement désert, à cette heure matinale.

Aujourd'hui aussi Fennie s'affairait, d'humeur enjouée, un plateau sous le bras. Elle nettoya immédiatement la table ronde dans le coin, dès qu'elle vit Beanstock entrer. Sa crinière aux boucles rousses dansait à chacun de ses mouvements. Gonzalès la contemplait, fasciné, ce qui fit naître un pli de contrariété sur le front de Big Jim.

Beanstock commanda au comptoir deux tasses de thé et du ragoût d'agneau. Fennie le pria de prendre place à sa table et lui assura qu'elle leur apporterait leur commande à leur table. Les yeux rivés sur la jolie jeune fille, Gonzalès ne perdait pas un seul de ses mouvements, tandis que Beanstock était plongé dans la contemplation de l'album photo de sa vieille amie.

Lorsque le ragoût, ainsi qu'une corbeille de tranches blanches de pain frais furent sur la table, le majordome huma le délicat fumet, qui s'échappait de son ragoût et en un clin d'oeil, il se sentit mieux. Il mangea avec grand appétit.

Il avait parcouru rapidement les pages de l'album, mais n'avait rien découvert de particulier, sauf peut-être un vieux cliché, représentant Hortense et lui. Il se souvenait très bien de cette chaude journée d'été.

Ils avaient accompli leurs tâches quotidiennes et étaient allés faire une promenade dans Hyde Park. C'était une journée insouciante. Par-contre, il ne se rappelait plus qui avait pris cette photo.

Après leur repas, le majordome continua à feuilleter l'album, tandis que Gonzalès se dirigeait vers le bar, pour commander un autre thé.

Big Jim avait disparu, depuis un moment déjà, dans une pièce derrière le comptoir et Fennie était seule au bar, affairée à laver des verres.

C'était l'occasion où jamais et Gonzalès décida de ne pas la laisser lui filer entre les doigts. Et peu de temps après, Beanstock entendit le rire joyeux de Fennie fuser dans la salle.

Il continua à tourner, une à une, les pages de l'album. Tant d'enfants, tant de visages rayonnant de bonheur. Une chose était sûre, une nourrice bourlinguait pas mal. Soudain, sa main se figea. Puis, il retourna à la plage précédente. Les bords de la photo étaient jaunis, certes et la surface du papier, gondolée par des taches d'eau sèche. Néanmoins, d'après le nom en bas de l'image, il avait, sous les yeux, un cliché de Gordon Shamway, un grand garçon dégingandé, aux cheveux foncés, âgé de douze ans peut-être.

Et Beanstock constata que la même lueur furibonde brillait déjà dans les yeux du jeune garçon et il jetait un

136

regard plein de rage autour de lui. Après le nom de Gordon, il en figurait un autre, celui de Susan Shamway.

Il devait s'agir de la fillette, près de lui. C'était une adorable enfant au sourire ravissant, qui ne devait pas avoir plus de cinq ans, aux boucles blondes et vêtue d'une jolie petite robe claire. Elle tenait, serré contre elle, un petit ours en peluche, qui avait un ruban autour du cou.

Beanstock leva les yeux, déconcerté. Mais, Mrs Winestein avait dit clairement qu'en dehors de ses parents, elle n'avait pas d'autres proches. Qui était donc cette petite fille ? Et s'agissait-il vraiment de gouttes d'eau ou plutôt de larmes de nounou Hortense ? Il se remémora les propos de la jeune dame. Le jour, où Marlène Winestein lui avait apporté le courrier, elle l'avait trouvée assise sur son fauteuil, l'album ouvert sur ses genoux et les yeux de sa nounou remplis de larmes. Et Mrs Winestein avait même ajouté que c'était souvent le cas, lorsqu'Hortense contemplait certaines photos bien précises de son album.

Et si cette enfant avait trouvé la mort, alors qu'Hortense était sa nourrice ? Et si elle avait eu un secret, si lourd à porter, qu'elle s'était donné la mort ? Et si ce secret avait été sauvegardé dans un fichier de *Daisy Chain* et le cambrioleur s'en était emparé ? Peut-être, la mystérieuse enveloppe, adressée à Hortense, contenait une menace, susceptible de la faire écrouer. La peur était-elle à l'origine de ce geste désespéré ? Beanstock était sûr et certain qu'il manquait une pièce maîtresse à ce puzzle.

Les dossiers conservés par Daisy Chain étaient la clé et il devait à tout prix en savoir davantage.

Wild Dressman

La Bentley prit la route pour Richmond upon Thames. Ils empruntèrent le Vauxhill Bridge et prirent ensuite la direction de Battersea Park.

La demeure de Lord of Pearpie se trouvait au beau milieu du Richmond Park, dans la Queens Road.

Toutefois, Beanstock rencontrerait Mrs Potts, la gouvernante de la maison, dans le pub, *Wild Dressman*, qui était également dans la Queens Road. Ils cherchaient depuis un bon moment, lorsqu'ils décidèrent finalement de s'adresser à une dame d'un certain âge. Elle leur indiqua le chemin, accompagnant ses explications d'un regard que n'aurait pas renié la Ligue de tempérance. Ils se rendirent donc dans la petite ruelle latérale.

Le *Wild Dressman* - un nouvel exemple du goût prononcé des tenanciers de bars britanniques pour des appellations plus saugrenues les unes que les autres pour leurs bars - occupait presque tout le côté droit de la rue. Juste après, elle prenait fin, laissant place à des arbres luxuriants, qu'enveloppait la brume épaisse de cette fin d'après-midi.

Gonzalès gara la Bentley et les deux messieurs entrèrent dans le local, qui était déjà bien rempli. Beanstock jeta un regard scrutateur autour de lui, alors que le chauffeur se dirigeait vers le bar, pour aller commander leurs boissons.

Le pub était composé de multiples salles et niches. L'ambiance était feutrée et raffinée, les murs étaient lambrissés de bois sombre et au-dessus de chaque table était suspendu un plafonnier bas, reluisant de propreté et qui baignait l'endroit d'une lumière diffuse. Dans l'autre pièce, trônait une gigantesque cheminée, dans laquelle un joyeux feu de bois crépitait. La plupart des jeunes gens du faubourg semblaient se trouver là, regroupés autour de la cheminée et riaient à gorge déployée à une anecdote racontée par l'un de leurs camarades.

Beanstock sortit sa montre à gousset de la pochette de son veston. L'heure du rendez-vous approchait. Ils étaient arrivés à l'heure.

La porte du pub s'ouvrit, livrant le passage à une dame. Elle jeta un regard alentour et Beanstock songea qu'il devait s'agir de Mrs Potts.

Il alla vers elle.

« Ai-je l'honneur de parler à Mrs Potts ? »

La dame hocha la tête.

« Mr Beanstock ? »

Ce dernier acquiesça d'un signe de tête.

« Allons nous asseoir à un endroit plus calme. »

Il chercha du regard Gonzalès et lui fit signe d'apporter une tasse de thé en plus.

Mrs Potts était une dame menue et rondelette, au visage rose. Elle portait des lunettes, aux montures rondes, sur le nez. Ses cheveux bruns étaient coupés courts et au-dessus de la tête était posé un truc rond, que toute autre dame aurait certainement qualifié de chapeau, mais Beanstock n'avait jamais rien vu de tel auparavant. Ses mains trituraient nerveusement son petit sac rond, de couleur marron. En résumé, on pouvait dire que Mrs Potts était ronde et tout sur elle l'était aussi.

Beanstock l'aida à retirer son manteau et ils s'assirent.

Gonzalès vint à leur table et posa devant chacun sa boisson. Pour la dame et pour Beanstock, une tasse de thé et pour lui une bière brune rafraîchissante, une stout. Il était d'avis qu'il avait bu suffisamment de thé pour aujourd'hui. De plus, le bel Espagnol n'avait jamais vraiment pu se faire à cette habitude britannique de boire du thé, à tout bout de champ.

« Mrs Potts, pouvez-vous me raconter en détail la dernière journée du majordome Bensonman, si cela ne vous est pas trop pénible ? »

Mrs Potts but une grande gorgée de thé, puis décrivit cette journée-là. Elle avait beaucoup de mal à évoquer tout cela et plus d'une fois, ses yeux s'embuèrent de larmes. Mais elle tint bon. Elle tenait à tout raconter, jusqu'au moindre détail. Elle commença par cet étrange présage, lorsque pour la toute première fois de sa vie, il s'était réveillé en retard. Elle parla de cette enveloppe et elle finit par ce moment terrible, lorsqu'elle découvrit le corps sans vie du pauvre Bensonman. Elle remit ensuite à Beanstock la lettre d'adieu, que le majordome avait laissé pour elle.

« Pouvez-vous imaginer ce qui aurait bien pu se trouver dans cette enveloppe, que votre ami reçut ce jour-là ? » la questionna Beanstock, après avoir lu soigneusement la lettre d'adieu.

Mrs Potts secoua la tête, en signe de dénégation.

« Je n'en ai aucune idée. Je peux juste dire que Mr Bensonman était une des personnes les plus bienveillantes qu'il m'ait été donné de connaître. Il était d'une intégrité rare. Je ne peux pas imaginer ce qui l'a poussé à commettre ce geste. Je ne peux pas, non plus, comprendre pourquoi il ne s'est pas confié à moi. Nous aurions trouvé ensemble une solution, ne pensez-vous pas, Mr Beanstock ? »

« Si mes suppositions sont exactes, alors il était acculé et n'avait d'autre issue que de se prendre la vie, s'il voulait éviter que ne soit dévoilé un secret, ignoré de nous. »

Mrs Potts réfléchit intensément.

« Il y avait eu cette chose. Mr Bensonman avait évoqué un fait, qui pesait lourdement sur sa conscience. Et lorsque je l'ai questionné, il s'est muré dans son silence. On aurait dit que cela lui avait échappé et qu'il en avait déjà trop dit, révélant un secret que nul ne devait jamais savoir. »

« De quoi s'agissait-il, Mrs Potts ? Vous pouvez vous en souvenir ? »

« Cela concernait son ancien employeur. Il travaillait alors pour un comte, Earl of Erroll, dans une ferme au Kenya. Earl of Erroll était membre du corps diplomatique. Il y eut un meurtre atroce, aux alentours de 1941, il me semble. Cette affaire a fait couler beaucoup d'encre et fut décrite comme le *meurtre de Happy Valley*. Une histoire tragique, un drame passionnel ou quelque chose de la sorte. On murmure que tous menaient une vie quelque peu dissolue et chaotique, à cette époque. Lorsqu'il l'évoquait, sa voix chancelait. On trouva le corps du comte, Earl of Erroll, dans sa voiture, mort d'une balle dans la tête. Il était question également d'une jeune fille, si mes souvenirs sont bons, la fille d'un baronnet, ou peut-être était-ce la fille d'un domestique ?

Ma mémoire flanche. Elle est si pleine de trous qu'on dirait un véritable gruyère. En tout cas, cette enfant aurait, parfois, vécu avec sa mère, dans ce bungalow. Le meurtre n'a jamais été élucidé. Quelques temps après, Mr Bensonman revint en Angleterre et commença à travailler pour le Lord of Pearpie. Il a évoqué cette jeune fille, une fois. Oui, c'est cela. Il m'a parlé d'elle et m'a confié qu'il

141

veillait toujours à prendre bien soin d'elle. Je n'en sais pas plus. »

Puis ils se murèrent dans un long silence, chacun absorbé dans ses propres pensées. Une fois de plus, Beanstock avait découvert une trace qui semblait mener au passé d'une victime.

Il était persuadé que ce fait avait conduit le meurtrier vers ses victimes potentielles.

Mais quelle raison le - ou la - poussait-il à agir de la sorte ? Peut-être l'histoire du meurtrier remontait-elle au passé, elle aussi ? Et ses pensées le menèrent de nouveau à l'hôtel *Langham*. La clé de tous ces meurtres se trouvait à cet endroit.

Il devait absolument informer l'inspecteur Morris de ces derniers éléments, dont il avait pris connaissance et décida de l'appeler, dès son retour dans la Baker Street.

Quand ils arrivèrent dans la pension étroite de la Baker Street, il était déjà dix-huit heures et Beanstock se demanda s'il était bien judicieux d'appeler aussi tard à Scotland Yard. Une surprise de taille l'attendait dans la maison.

Les deux messieurs se débarrassèrent de leurs manteaux et se dirigèrent vers le salon. En s'approchant, ils entendirent des voix étouffées et de temps en temps un petit gloussement, qui provenait sans aucun doute de Lucinda.

Beanstock ouvrit la porte et se trouva face à face avec l'inspecteur Morris, qui était confortablement installé dans un fauteuil et avait tout l'air de s'amuser ; sur la petite table devant lui, se trouvait une tasse de thé et il mordait, avec un plaisir évident, dans un morceau de gâteau. Mrs Parish était assise vis-à-vis de lui et avait les joues roses. Lucinda était accroupie sur le tapis et feuilletait dans un livre.

Pour qui observait cette scène, ceci ressemblait fort à une scène idyllique, évoquant le bon vieux temps de l'époque victorienne. Pour parfaire le tableau, il ne manquait plus que le chat, se prélassant sur le bord de la fenêtre, du moins le petit rond à broder sur les genoux de la maîtresse de maison et à la bouche du maître de céans la pipe, fumant comme une cheminée.

« Beanstock ! Enfin, vous voilà, mon vieux ! » retentit la voix de l'inspecteur, qui postillonna quelques miettes du gâteau sur ses genoux. Mrs Parish se précipita, pour aller préparer un nouveau thé, bien frais.

« Je comptais vous appeler aujourd'hui, afin de vous faire part de nouveaux éléments, dont j'ai eu connaissance. Mais ainsi, c'est beaucoup mieux. » rétorqua le majordome.

« J'étais certain que vous me diriez ça. J'ai préféré venir, pour être sûr d'être informé. Je croyais vous avoir dit que vous deviez, sans cesse, me tenir au courant, non ? »

Beanstock se sentit pris au piège. Il fit part à l'inspecteur, et ce dans les moindres détails, des différents entretiens avec Mr Tirell, le majordome de celui-ci — qui devait, en effet, avoir avalé plus d'un cintre, pour afficher une telle raideur — Mrs Winestein et son père, un homme très particulier, ainsi qu'avec Mrs Potts. Il lui confia sa théorie, selon laquelle le meurtrier se servait de faits survenus dans le passé, pour faire chanter ses victimes et les acculer au suicide. Il ne souffla pas un mot sur *Daisy Chain*.

L'inspecteur lui coupa, alors, la parole.

« Mr Beanstock, ne pensez-vous pas que c'est un peu farfelu ? Qui aurait l'idée de se suicider juste à cause d'une lettre ? Pourquoi donc aucune des victimes ne s'est-elle d'abord ouverte à quelqu'un ? L'assassin n'était pas sur

143

place, alors pourquoi agir de la sorte ? Cela fait un peu trop de questions sans réponse. Je ne peux vraiment pas partager votre théorie. Je suis désolé, mais je pense que vous vous perdez dans des élucubrations »

Beanstock prit une inspiration profonde.

« Je pense, pour ma part, que vous mésestimez la loyauté et l'intégrité de domestiques, Sir. »

« Mais ce sont des trucs d'une autre époque, d'un siècle passé. Il n'existe plus de domestiques de cette trempe, qui choisissent de se sacrifier pour sauver leur employeur du déshonneur. Non ! Je regrette ! Je n'adhère pas à votre opinion. »

L'inspecteur se releva et fit mine de partir. Il remercia chaleureusement Mrs Parish pour le gâteau exquis, tandis qu'il caressait, d'un air ravi, son bedon. Il fit un clin d'œil à Lucinda et passa la main sur la tête de la fillette, d'un geste tendre.

Beanstock le raccompagna jusqu'à la porte. Sur le trottoir, l'inspecteur se tourna une dernière fois vers Beanstock.

« Faites-vous une fleur ! Tirez un trait sur ces affaires et retournez à Parsley Field. »

Beanstock secoua la tête, en signe de regret.

« Cela m'est impossible. Je vais essayer d'apporter les preuves nécessaires à ce que j'avance. J'espère seulement que nous n'aurons pas de nouvelles victimes. »

« Alors, faites ce que bon vous semble ! Néanmoins, vous devez promettre de me tenir au courant. En tout cas, mon chef pense que nous pouvons classer ces affaires. Il s'agit de suicides et Dr. Seeker n'a décelé aucune trace impliquant une tierce personne. Bonne nuit, Mr Beanstock. »

144

Son nez ne cessait de le chatouiller. Ce n'était pas un bon signe. L'inspecteur était partagé. Au fond de lui-même se livrait une âpre bataille. Le majordome aurait-il raison ? Devait-il, comme il lui avait été ordonné de le faire, classer ces dossiers ? Aurait-il mangé plus que de raison de ce sublime gâteau à la crème ? Une âpre bataille…

L'inspecteur Morris regagna sa voiture et disparut dans la nuit, alors que la neige commençait à tomber.

Beanstock leva les yeux vers le ciel sombre. Rapidement, une nuée de doux flocons légers se posèrent sur son visage. Il se sentait bien, de rester là, immobile, tandis que la neige tombait, à contempler le ciel, qui ignorait tout de meurtres et de personnes, qui s'en prenaient à d'autres. Il ne tombait tout simplement que des flocons purs, qui recouvraient tout de leur blanche couverture et tout sombrait alors dans l'oubli. Il ferma les yeux, pour mieux s'imprégner de cet instant magique.

Il sentit alors une petite main chaude se glisser dans la sienne. Il baissa les yeux et découvrit le visage inquiet de la fillette.

« Ça va bien, Mr Beanstock ? »

« Oui, ne t'inquiète pas, Luc ! Entrons et on va demander à ta mamie, si elle pourrait préparer un grand bol de chocolat chaud. Qu'en dis-tu ? »

La fillette sourit et le tira à l'intérieur de la maison.

Une fois de plus, il avait eu un sommeil agité et s'était réveillé aux premières lueurs du jour. Il eut besoin d'un court instant pour se souvenir où il était.

Parsley Manor lui manquait terriblement. À cette heure-ci, tout était certainement encore plongé dans un sommeil paisible, dans la maison des baronnets. Le

145

personnel arriverait-il à se réveiller, sans sa grandiose musique, tous les matins ? Il n'y avait pas grand-chose à faire, puisque Leurs Seigneuries ne seraient de retour que bien après le Nouvel An.

Il songea à sa chambre paisible et confortable, la musique, la première tasse de thé du matin. *Noël* approchait à grands pas et un grand sapin décoré trônait certainement dans le salon. Les cadeaux pour le personnel, de la part de Lady Fedora et Sir Percival, étaient entreposés dans le bureau de la gouvernante. Mrs Porkpie ne manquerait pas de faire son célèbre gâteau de Noël, qui renfermait toutes ces délicieuses petites choses et qui sentait si bon, après les deux doigts de whisky, qu'elle ajoutait à la fin.

Un sentiment de tristesse envahit Beanstock et il ne pouvait s'expliquer quelle en était la cause.

Se pourrait-il qu'il soit si attaché à ses petites habitudes qu'il ne puisse rien souhaiter aussi ardemment que retourner au plus vite à Parsley Manor, à sa vie, réglée comme du papier à musique ? Il se leva avec lourdeur et tira le lourd rideau de la fenêtre, pour faire entrer la lumière du jour.

Il n'avait pas neigé longtemps, la veille au soir et le soleil, qui se levait, promettait une belle journée. Comment devait-il continuer ses recherches ? Il avait la désagréable sensation de faire du surplace. Il s'habilla, avec une attention particulière et au moment venu, il se rendit dans le salon, où le petit-déjeuner l'attendait déjà sur la table.

Un court instant et Gonzalès apparut à son tour, l'air guilleret, comme à son habitude et fredonnant une petite mélodie. Aujourd'hui, Beanstock se montra indulgent. Un peu de distraction lui ferait le plus grand bien.

Et pourtant, la question du chauffeur allait tomber.

Et elle ne se fit pas attendre.

« Qu'est-ce qu'on fait aujourd'hui, Señor ? »

Pour rien au monde, Beanstock ne voulait reconnaître qu'il avait un problème ; un majordome n'avait jamais de problème, qu'il n'était pas à même de résoudre. Aussi expliqua-t-il à Gonzalès qu'il irait aujourd'hui à l'hôtel Langham et que lui, Gonzalès pouvait disposer de sa journée.

Ravi, le chauffeur se frotta les mains.

« Alors, aujourd'hui, je vais rendre visite à la nouvelle Reine. On dit qu'elle est très jolie. »

Le majordome lui jeta un regard stupéfait.

« Vous voulez… quoi ? »

« Je vais visiter le Palais de Buckingham et peut-être même un petit détour par la Tour de Londres. Je serai ici, à la pension, cet après-midi. Au cas où vous auriez besoin de moi, je serais à votre disposition. Gonzalès, m'a dit Sir Percival, veillez à notre cher Beanstock. Nous ne voudrions pas qu'il lui arrive quoi que ce soit de fâcheux. Et c'est exactement ce que je compte faire. »

Beanstock sentit son visage s'empourprer. Il se racla la gorge et se versa une tasse de thé. En fait, cela le mettait mal à l'aise, mais d'autre part, il était incroyablement fier et heureux d'être à ce point apprécié, dans la maison des baronnets.

« Sa Majesté, la Reine Elisabeth II, sera ravie de faire votre connaissance. »

Interloqué, Gonzalès regarda le majordome.

« Mi Dios, Señor Beanstock, mais vous pouvez être vraiment marrant ! Je n'en reviens pas ! »

Beanstock s'autorisa un sourire.

147

La liste de l'assassin

A quelques mètres de l'hôtel, Beanstock remarqua déjà une silhouette, agitant un balai. Edgar Clemm, le gardien, déblayait la neige fraîchement tombée, devant l'entrée de l'hôtel. Son corps voûté, témoignant de nombreuses années de dur labeur et de trop courtes nuits de sommeil, bougeait au rythme de ses bras.

Lorsqu'il fut à quelques pas de lui, Beanstock l'entendit siffloter. Malgré ses longues années difficiles, il avait néanmoins réussi à conserver son optimisme. Beanstock était en admiration devant de telles personnes.

Mr Clemm portait aujourd'hui un vieux manteau élimé, aux manches rapiécées de tissus de diverses couleurs. Apparemment, ce n'était pas l'œuvre d'une couturière aux doigts de fée, pensa Beanstock ; il avait manifestement rapiécé lui-même son manteau. En attestaient la finition irrégulière et les fils utilisés de différentes couleurs. Il avait recouvert son crâne d'un bonnet chaud, bordé de fourrure, qui avait lui aussi connu des jours meilleurs et ses mains étaient protégées dans d'épais gants de laine. Son visage en avait vu des choses, certaines bonnes, d'autres moins. Mais les rides autour de ses yeux se souvenaient de jours lointains heureux.

Le gardien travaillait, concentré et il avait déblayé tout l'espace, devant l'entrée. Il ne prit conscience de la présence de Beanstock que lorsque celui-ci se tint devant lui et s'apprêtait à le saluer.

148

« Bonjour, Mr Clemm. Vous travaillez dur, si tôt de bon matin. »

« Salut ! Vous voulez monter voir Mr Black ? Je crois qu'il n'est pas encore là, mais Miss Priscilla est là-haut. Entrez donc ! La porte est ouverte. Composez le treize sur le téléphone interne. Elle répondra et vous fera monter. »

« Je vous remercie, Mr Clemm. C'est très gentil. Il nous reste à espérer qu'il ne tombera pas trop de neige. »

Beanstock grimpa les quelques marches, menant à l'entrée principale et emprunta ensuite le long corridor. Avant de refermer la porte, il se retourna, pour regarder le gardien. Ce dernier avait repris son balai et récitait quelques vers. Beanstock tendit l'oreille, mais ne saisit que les dernières phrases :

« *Et le corbeau, immuable, est toujours installé, toujours installé sur le buste pâle de Pallas, juste au-dessus de la porte de ma chambre ; et ses yeux ont toute la semblance des yeux d'un démon qui rêve.* » Puis Mr Clemm se tut, avant de disparaître à l'angle, derrière l'entrée principale du vieil hôtel, son balai à la main.

Beanstock se demanda d'où il pouvait bien connaître ce texte. Cela ne lui revint pas tout de suite. Ce n'est qu'après avoir appelé Mrs Pruster et quand il fut dans l'ascenseur, qui montait vers le bureau sous les toits, qu'il s'en souvint. Il réalisa, à sa grande surprise, qu'il s'agissait d'un extrait du poème « *Le corbeau* » d'*Edgar Allan Poe*.

Comment donc le gardien pouvait-il connaître ce poème hors du commun ? Mais pourquoi un simple gardien ne devrait-il pas être instruit ? Lui-même n'aimait-il pas ses livres par-dessus tout ?

Mrs Pruster, qui lui demanda une nouvelle fois de l'appeler Prissy, le salua et le fit entrer dans le sanctuaire de la guilde *Daisy Chain*. Quelle ne fut la surprise du majordome, quand il constata, à sa plus grande joie, que le bureau était bien rangé. Il était bien plus accueillant qu'à sa toute première visite.

« En ce moment, Mr Black se rend à un rendez-vous avec un membre de notre association, qui s'est plaint de conditions de travail extrêmement difficiles. Mr Black souhaitait se rendre compte de lui-même, avant d'entreprendre toute démarche et lui venir en aide. »

« Je comprends tout à fait. Auriez-vous quelques nouvelles informations pour moi ? Auriez-vous découvert quelque chose, qui pourrait nous aider ? »

« Eh bien, j'ai consulté l'ensemble de mes notices et j'ai pu classer les dossiers manquants. Vous aviez vu juste. Les dossiers, qui ont disparu, sont ceux concernant les domestiques décédés et d'autres. J'ai noté toutes les informations, dont je dispose, les noms de ces personnes ainsi que leurs employeurs actuels. J'ai laissé de côté les domestiques, qui ne sont plus en vie, tout comme ceux qui ont quitté la capitale. Nous avons donc dix nouveaux noms, en tout. »

« Mais vous ignorez tout des faits consignés ici, au sujet de ces personnes ? »

« Je regrette. Mr Black n'a pas pu m'aider, non plus. La plupart de ces dossiers remonte à l'époque, où il n'était pas encore Mr Black. »

« Et le prédécesseur de notre Mr Black ? Pourrais-je lui parler ? »

D'un geste de la main, Prissy balaya cette éventualité.

« Je suis désolée, mais l'ancien Mr Black nous a quittés. Il est mort subitement, l'an dernier. »

« Ce Mr Black avait-il également une secrétaire ? »

« C'est moi qui l'ai aidé, comme secrétaire, quand il s'avéra qu'il n'en avait pu pour très longtemps. Cependant, je n'en sais pas plus, sur ce qui figurait dans ces dossiers. Je vais poser la question à Mr Black, à son retour. »

Elle pouffa.

« Mr Black n'a pas, pour ainsi dire, un sens aigu de l'organisation. Quand j'ai accepté de lui apporter mon aide dans son travail, il a été très content. »

Beanstock consulta la liste attentivement.

« Consultons la liste des dix personnes, vous et moi et essayez de me donner le plus d'informations possibles sur chacun. »

Prissy acquiesça, d'un hochement de tête et ils s'assirent devant l'âtre de la cheminée, qui diffusait une douce chaleur. Beanstock essayait de suivre son instinct, qui ne lui avait jamais fait faux bond.

« Nous avons là deux majordomes, un secrétaire particulier, deux cāméristes, trois jardiniers, une gouvernante et un cuisinier. Toutes les inscriptions datent soit de bien longtemps avant la guerre, soit juste après, en 1947. » lut Beanstock.

« Les personnes mortes étaient un majordome, une nourrice, une servante et un jardinier. Nous n'avons jusque là aucun cuisinier. Il manque également une gouvernante et un secrétaire. »

Prissy lui jeta un regard horrifié.

« Que voulez-vous dire exactement, Mr Beanstock ? Pensez-vous que l'assassin suit un schéma, selon le poste qu'occupent les domestiques ? Donc, il pioche dans toutes ces professions ? Mais c'est épouvantable ! Cette personne doit être folle à lier ! »

Elle se tritura nerveusement les mains.

« Non. Je suis presque sûr qu'un motif particulier est à l'origine de tous ces meurtres. Le plus perfide est qu'on ne peut à proprement parler de meurtre, quand une personne se donne la mort. C'est presque LE crime par-excellence, même si j'ai toujours été convaincu que cela n'existe pas. Si je ne me trompe pas, alors il devrait choisir sa prochaine victime parmi ces trois personnes. Ce qui facilite notre tâche, puisque nos recherches vont être limitées. Vous voulez bien me noter sur un papier les noms et adresses ? Je vais leur rendre visite et essayer d'éviter qu'il n'arrive rien de tel. Ainsi, nous gagnons un peu de temps. »

Prissy se leva et nota les renseignements demandés sur un papier. Elle tendit la feuille à Mr Beanstock, puis elle se rassit.

« Bon ! À ce que je vois, les trois personnes en question se trouvent dans un rayon bien délimité. Je peux donc aisément les contacter rapidement. Mrs Prissy, je vous demande de bien réfléchir. Auriez-vous en mémoire un détail quelconque sur ces personnes et les faits survenus ? Peu importe de quoi il s'agit! Même si vous pensez que ce n'est guère important. Essayez une nouvelle fois ! »

Il fixait sur la secrétaire un regard plein d'espoir et lui laissa quelques minutes de réflexion.

« Il est fort possible que je me trompe, après tant d'années. C'est ce qui me fait peur. Mais je crois me souvenir du cas de cette gouvernante. Il était question d'un cambriolage, dans la maison de son employeur. Elle s'était sentie coupable, car elle connaissait très bien le voleur. Je ne sais pas exactement. Je n'ai étudié que quelques rares dossiers. Je me souviens avoir lu ce papier, car cette dame et moi étions amies et je voulais faire quelque chose pour elle. »

Beanstock réfléchit intensément.

« Je n'ai pas vraiment l'impression que cela puisse être un motif de suicide. Je vais concentrer mon attention sur les deux autres personnes. Je vais contacter le cuisinier, en premier. Bien sûr, ce ne sera pas chose aisée de soutirer à ces personnes leurs secrets. Je peux, toutefois, les mettre en garde et leur demander de ne pas commettre d'acte irréfléchi, simplement sur un coup de tête. De là, je me rendrai chez ce secrétaire particulier et enfin, j'irai voir cette gouvernante. Sait-on jamais ? Peut-être les raisons étaient-elles tout autres, à l'époque ? »

Beanstock pria Prissy d'informer Mr Black de sa visite, puis il se hâta de rejoindre la Baker Street.

Gonzalès étudiait le plan de la ville de Londres, son index suivant les rues. Il laissait de temps en temps échapper un petit grognement de satisfaction.

« Bueno ! Je sais quelle route on va prendre. »

Les deux messieurs étaient maintenant assis dans la voiture, depuis de longues minutes. Beanstock prenait des notes sur son petit calepin, tandis que Gonzalès tentait de déterminer l'itinéraire à suivre.

On frappa à la vitre de la Bentley. Beanstock détacha les yeux de son carnet et découvrit le visage de Lucinda, qu'elle avait pressé contre la vitre et son nez était tout aplati.

Il tourna la manivelle et baissa la vitre, puis jeta un regard interrogateur à la fillette.

« Mamie demande si vous aimeriez avoir un thé et quelques biscuits ? Ou est-ce que vous voulez rentrer simplement pour prendre le thé ? »

Gonzalès ricana dans son plan de la ville.

153

« Non ! Dis seulement à ta mamie que nous devons d'abord trouver le chemin exact sur la carte, pour éviter de nous perdre. Qu'elle ne se fasse pas de souci ! Cela prend un certain temps, avant de pouvoir s'orienter à Londres, sans problème. Je dois reconnaître », il jeta un regard à Gonzalès, « que j'ai la chance d'avoir un excellent chauffeur ; j'ai découvert chez lui un talent dont je ne soupçonnais jusque-là l'existence : il a un sens de l'orientation remarquable. »

Face à de tels propos élogieux du majordome des baronnets, le chauffeur sentit son regard s'embuer.

Lucinda retourna, en sautillant, vers la porte de la maison et d'un petit bond, elle pénétra à l'intérieur.

« Señor, nous pouvons y aller. Je connais la route. »

Beanstock hocha la tête. Avec un doux ronronnement, la Bentley sortit de la place de parking, devant la pension étroite de Mrs Parish.

Leur chemin les mena à Greenwich. Comme de nombreux districts de Londres, Greenwich avait eu à souffrir des nombreux bombardements et encore en 1952, des tas de débris s'amoncelaient au bord des trottoirs, attendant d'être enlevés. Ils empruntèrent le Pont de la Tour, le très spectaculaire Tower Bridge et restèrent sur leur gauche. Si le Gloucester Circus était encore recouvert de la poussière des bombardements, la plupart des maisons étaient, par miracle, sortis indemnes de ces attaques aériennes. Hélas, ici aussi, nombreuses avaient été les personnes, qui y avaient laissé leurs vies.

Exactement comme ses semblables, rangées dans un demi-cercle, la maison au numéro huit, arborait une façade de briques rouges, deux étages et des fenêtres à guillotine. Devant chaque maison, se dressait un portail en fer forgé.

154

En gravissant les deux marches, on était devant l'entrée principale. Juste à côté, en descendant le petit escalier, on se trouvait alors à l'entrée exclusivement réservée aux domestiques. Du moins, il en était ainsi, autrefois. Maintenant, les appartements au sous-sol étaient souvent occupés par des familles, qui avaient tout perdu, lors des bombardements. Tout comme au numéro huit.

Beanstock descendit donc de la Bentley et se dirigea vers l'entrée principale. Cette fois-ci, il n'aurait pas besoin de l'aide de son chauffeur. Il essaierait de s'entretenir avec le cuisinier de la famille Portland.

D'après Mrs Prissy, le personnel de cette maison était réduit à son strict minimum. Le maître de céans travaillait pour le ministère des affaires étrangères et voyageait énormément.

Souvent, son épouse l'accompagnait lors de ses déplacements, aussi n'avaient-ils gardé qu'une bonne, un domestique et un cuisinier. À la fin de la guerre, les autres serviteurs avaient été congédiés. Ils étaient devenus superflus.

Avant que n'éclate la guerre, la demeure au numéro huit était réputée pour ses soirées élégantes et ses réceptions somptueuses. La dame de la maison était une célèbre cantatrice et elle avait un grand cercle d'amis.

Après la guerre, rien n'était plus comme avant. Combien de personnes avaient vu leurs vies bouleversées par les atrocités de la guerre ? Personne n'aurait su le dire !

À son retour de la guerre, Mr Portland n'était plus le même homme ; il avait subi de graves blessures et Mrs Portland perdit son enfant. Le silence se fit dans la maison au numéro huit et le couple tenta de prendre un nouveau départ.

155

Beanstock saisit le heurtoir et en cogna la porte. Le bruit résonna comme si la maison était vide. Se fit entendre, ensuite, le cliquetis de talons, heurtant des dalles de pierre. Avec une légère hésitation, quelqu'un ouvrit à peine le battant. Une jeune fille glissa son visage dans l'entrebâillement et lui jeta un regard empreint de curiosité.

« Vous désirez ? Monsieur et Madame sont partis en voyage. »

Le regard de Beanstock se posa derrière la jeune femme, sur les meubles recouverts de linge blanc.

« Je suis Mr Beanstock. Mr Black m'envoie et je souhaite m'entretenir avec le cuisinier de la maison, si c'est possible. »

« Et c'est qui, ce Mr Black? »

Beanstock se sentait mal à l'aise: il se tenait là, sur le seuil de la porte et visiblement, cette fille semblait être dépassée par la situation.

« Je suggère que vous annonciez tout simplement à ce monsieur ma venue. » Beanstock jeta un coup d'œil rapide à son calepin, « Mr Wollinski. »

La jeune fille eut un haussement d'épaules.

« Ouais, j'peux l'faire. J' l'ai pas encore vu aujourd'hui. Quand la Lady, elle est pas là, il descend de sa chambre toujours en retard. »

« Oh, non! » s'écria Beanstock. Il se fraya un chemin entre la jeune fille et la porte et lança d'une voix forte, tout en se précipitant à l'intérieur. « Où est sa chambre? Vite! Dites-le-moi! »

Il grimpait déjà les marches de l'escalier, lorsque cette dernière cria.

« Ben là-haut, tout là-haut, première porte à droite… Qu'est-c'qu'y a? »

156

Tant bien que mal, Beanstock tenta de trouver son chemin dans le couloir, faiblement éclairé. Il frappa à la première porte, à sa droite et tendit l'oreille.

Rien!

« Non! Pas de nouveau! » murmura-t-il, puis il pressa, d'une main hésitante, sur la poignée. La charnière laissa entendre un grincement bruyant et la porte s'ouvrit. Au milieu de la pièce se dressait le lit défait. Des vêtements sales traînaient un peu partout sur le sol et une odeur désagréable emplissait la chambre.

Beanstock essaya de distinguer quelque chose, dans la pénombre de la chambre. Il leva les yeux au plafond, à son grand soulagement, il ne vit pas de corde, qui pendait, ni de corps se balançant dans le vide. Serait-il venu trop tard ? Est-ce qu'une fois encore un poison aurait été utilisé ? Entretemps, la jeune servante l'avait rejoint et jetait des regards curieux dans la pièce, par-dessus les épaules de Beanstock.

On entendit un froissement. Une tête surgit de sous la couverture, les cheveux en bataille.

« Bon sang ! Qu'est-ce qu'il se passe ? Qu'est-ce que vous faites dans ma chambre ? »

Beanstock comprit qu'il était en présence de la victime présumée, qui se serait donné la mort. Même si la situation cocasse lui était extrêmement désagréable, il poussa un soupir de soulagement et se réjouissait de voir le cuisinier sain et sauf.

« Mr Wollinski, je vous prie d'accepter mes excuses les plus sincères. Si nous pouvions nous entretenir un court instant ensemble, je pourrais alors vous expliquer les circonstances singulières et la raison pour laquelle j'ai agi, comme je l'ai fait. Si vous le voulez bien, je vous attends

157

en-bas, dans votre royaume, la cuisine. Je vous présente de nouveau mes excuses. »

Beanstock poussa la jeune fille bien curieuse vers la porte et sans bruit, il la referma derrière eux.

« Conduisez-moi à la cuisine, s'il-vous-plaît. Je souhaite attendre là-bas. »

Ils dévalèrent les escaliers, la jeune fille lui emboîtant le pas, en pouffant intérieurement, amusée.

« Vous avez eu de la veine! Le type, là-haut, il était pas encore bien réveillé! Parce, croyez-moi, il est pas commode. Quand quelque chose lui plaît pas, il cogne. »

Beanstock avait de plus en plus l'impression que Mr et Mrs Portland n'avaient pas une main particulièrement heureuse, dans le choix de leurs domestiques.

« Depuis combien de temps travaillez-vous pour Vos Seigneuries ? » l'interrogea-t-il, quand ils arrivèrent dans la cuisine, crasseuse et dans un désordre sans nom.

« Pas longtemps… Quelques mois, ou un truc comme ça. »

Beanstock se sentait profondément heurté dans sa dignité de domestique. Et il devait se faire violence, pour ne pas exprimer le fond de sa pensée, face à cette situation inqualifiable en l'absence des maîtres de céans. Il trouvait un tel manquement indigne et scandaleux. Ce n'est qu'après pas moins d'une demi-heure, comme le lui dévoila sa montre, que le cuisinier daigna enfin faire son apparition. Sa tenue vestimentaire laissait à désirer. Il n'avait pas pris la peine de se raser et ses cheveux n'avaient pas vu de peigne depuis longtemps.

« Mr Wollinski, vous connaissez certainement l'organisation *Daisy Chain* ? »

« Euh ! Nooon ! » Le cuisinier lui coupa la parole.

158

Mr Beanstock était indigné.

C'était inimaginable ! Aucun des domestiques membres de cette guilde n'ignorait Mr Black et *Daisy Chain*.

« Mais vous connaissez bien Mr Black de l'hôtel *Langham*, non ? »

« Nooon ! »

Beanstock se saisit de son calepin. Il décida de changer de ton face à cet homme, fermé comme une huître.

« Vous êtes bien Mr Wollinski, cuisinier chez Mr et Mrs Portland ? Vous avez cinquante-huit ans et vous habitez au numéro huit, à Gloucester Circus. Il existe un dossier à votre nom à l'hôtel *Langham*. Est-ce que vous voulez le contester ? »

« Ouais ! »

Le cuisinier se mit à gratter bruyamment son ventre, qui débordait du pantalon.

Beanstock haussa ses sourcils.

« Qu'est-ce qui n'est pas correct dans tout ce que je viens d'énoncer ? »

Le cuisinier se pencha vers lui.

Beanstock recula, mettant plus de distance entre lui et les effluves nauséabonds que ce monsieur répandait dans son sillage.

« J'ai quarante ans. Vous devez parler de mon père. Il habite là, lui aussi. Avant, c'était lui, le chef-cuisinier et main'nant, il est plus qu'aide de cuisine. Le cuisinier des Portland, main'nant, c'est moi. Voilà, c'que j'veux dire ! Et main'nant, vous allez me faire le plaisir de me dire c'que vous voulez. »

Le visage de Beanstock devint blême.

« Où se trouve votre père en ce moment ? Il est crucial que je lui parle. Il y a tout lieu de penser que sa vie est en

159

danger. Pourriez-vous lui demander de venir? Je répondrai alors à toutes vos questions. »

La jeune fille l'écoutait parler, fascinée.

« Dites donc, vous parlez toujours comme ça, de façon ampoulée? C'est dingue! J'en reviens pas ! »

Le cuisinier, enfin le jeune Mr Wollinski, même si Beanstock ne croyait pas vraiment qu'il n'avait que quarante ans, se tourna vers la fille et siffla avec hargne à l'adresse de la jeune fille.

« Arrête de jacasser comme ça! Va chercher le vieux et dis-lui de descendre. De toute façon, il est temps qu'il descende. Il doit encore aller faire les commissions, Monsieur et Madame rentrent demain. » Ce disant, Mr Wollinski ne quittait pas Beanstock du regard.

La fille râla et se mit en route pour le dernier l'étage, en traînant les pieds. Beanstock se sentait très mal à l'aise et complètement déplacé. Il regrettait de ne pas avoir proposé à Gonzalès de l'accompagner. Il avait ce je ne sais quoi et savait d'emblée comment s'adresser à de telles personnes. Il pensait à l'agressivité manifeste dans l'attitude du jeune Wollinski. À la façon dont celui-ci le jaugeait, Beanstock ne pouvait qu'espérer secrètement qu'il n'allait pas en venir aux mains.

Il avait une sensation étrange… comme si le temps s'était soudain arrêté. Mais que faisait donc cette fille ? Un hurlement de terreur, perça le silence et les deux hommes sursautèrent.

« Non ! Ce n'est pas possible ! Je ne peux y croire ! Je suis arrivé trop tard. » murmura Beanstock.

Le cuisinier courut et hurla, le visage levé vers le haut de l'escalier.

« Hé, Daisy ? Qu'est-c'-qui y a là-haut ? T'as encore vu

160

une souris ? »

Le silence emplit la maison. La jeune fille ne répondait pas. On n'entendait que le claquement de ses talons sur le parquet du premier étage.

« Bon sang ! Mais qu'est-c'que tu fiches là-haut. Descends ! » vociféra Mr Wollinski.

Après quelques minutes interminables, la bonne apparut, descendant les escaliers, d'un pas lourd, le visage livide et l'air désemparé. Elle se posta assez près de Beanstock, comme si elle craignait la réaction du cuisinier.

« Il est plus là ! Ton père a pris la poudre d'escampette et j'ai vérifié dans les appartements des Portland. Tout est sens dessus-dessous. Il a piqué tout ce qu'i' lui est tombé entre les mains. Et qu'est-c' qu'on va devenir, nous, main'nant ? Ce sale type nous laisse dans le pétrin et on va trinquer pour lui. »

Et elle se mit à pleurer comme une Madeleine, de grosses larmes coulant le long de ses joues. Quand Beanstock l'entendit renifler bruyamment une nouvelle fois, il se résolut à lui tendre son mouchoir. Était-il donc la seule personne, à toujours avoir un mouchoir propre sur soi ? Comment était-ce possible ? Mais, ses pensées s'égaraient. Il se ressaisit et concentra toute son attention sur la situation présente.

« Montre-moi ! Je veux voir ça de mes propres yeux ! » hurla Mr Wollinski junior.

« Me permettriez-vous de vous accompagner, après que nous ayons informé la police ? », demanda Beanstock prudemment, tout en faisant un pas en arrière, au cas où… Et il se heurta à la jeune servante, qui s'était encore plus rapprochée de lui.

« D'abord, on va voir, après j'ai rien contre, si vous

161

appelez les flics. Allez savoir ce qu'elle a vraiment vu, cette abrutie, là-haut ! »

Il les précéda dans l'escalier et se mit à gravir les marches d'un pas lourd. Beanstock et la jeune fille le suivaient.

Ils virent tout d'abord le chaos sans nom, qui régnait dans les appartements du couple Portland, au premier étage. La jeune fille n'avait pas exagéré. Les tiroirs avaient été arrachées et leur contenu jeté, pêle-mêle, sur le sol. On aurait dit qu'une tempête s'était abattue.

La figure de Mr Wollinski devint cramoisie. Il se précipita, fou de rage, dans la pièce adjacente, le dressing-room. Mais là aussi, il régnait le même désordre.

« Quel pauvre crétin ! Qu'est-c' qui lui a pris ? Ouais, mais… Est-c' qu'on pouvait s'attendre à autre chose de sa part ? Il est resté c' qu'il a été toute sa vie, un chapardeur. Mais qu'il nous laisse, comm' ça, dans le pétrin ? J'm'y attendais pas ! »

Beanstock trouvait cette histoire très étrange. Il proposa d'aller jeter un coup d'œil dans la chambre de l'ancien cuisinier, pour y trouver peut-être une explication. Alors, le trio monta jusqu'au dernier étage.

Tout au fond du couloir, Mr Wollinski junior ouvrit la porte sur sa gauche et ils entrèrent.

Ici aussi, s'offrait à leurs yeux le même spectacle désolant, que dans les appartements privés des maîtres de maison. Un tel comportement dépassait l'entendement et Beanstock était sidéré. Cependant, en son fort intérieur, il pensa qu'un tel désastre n'était pas surprenant, dès lors que l'on ne jugeait pas nécessaire d'engager un majordome convenable ou du moins une gouvernante consciencieuse, pour tenir les rênes du personnel et veiller au bon grain ;

bref, des personnes fiables, qui prendraient tout en main. La chambre de l'ancien cuisinier était un véritable capharnaüm.

« Ici aussi tout a été mis sens dessus dessous. » fit observer Beanstock.

« Noooon ! C'est exactement comme d'hab' ! » répliqua la jeune servante, à voix basse.

Ils regardèrent autour d'eux et c'est alors que Beanstock remarqua un détail.

Un picotement parcourut immédiatement sa peau et ses cheveux se hérissèrent au bas de sa nuque.

Au milieu de miettes de pain, de vieilles tasses de thé et d'assiettes sales, éparpillées sur la table, se trouvait une grande enveloppe grise. Tout en haut, on pouvait à peine distinguer une pâquerette fanée et seul le nom, Mr Ladislaus Wollinski, écrit à la main, figurait sur le papier. Serait-ce enfin l'erreur fatidique du criminel, que Beanstock avait tant espérée ? Et cela lui tombait du ciel, tout simplement ? Il sortit un nouveau mouchoir de sa poche – en effet, depuis qu'à Parsley Manor, ses mouchoirs disparaissaient sans cesse, il avait pris l'habitude d'en avoir plusieurs dans la poche. Il ouvrit le mouchoir, l'étala dans le creux de la main et à l'aide de celui-ci, s'empara de l'enveloppe.

Wollinski junior le regardait, interloqué.

« Et qu'est-c' que vous comptez faire, main'nant ? » le questionna-t-il, avec ses gros bras croisés sur la poitrine. Il bombait le torse et relevait le menton, en signe de défi.

« Mr Wollinski, cette enveloppe est la raison de ma présence ici et de toutes mes questions relatives au bien-être de votre père. Elle contient des informations de la plus haute importance, susceptibles de mettre sa vie en

163

péril. Étant donné que la police souhaitera procéder très certainement à des recherches d'empreintes sur l'enveloppe, je pense qu'il n'est pas nécessaire d'y laisser les nôtres. Et maintenant, je vais de ce pas informer l'inspecteur Morris. »

Beanstock passa prudemment devant le cuisinier et dévala les marches de l'escalier, pour se rendre au rez-de-chaussée, où il avait remarqué auparavant un téléphone. Après un très court instant, il eut l'inspecteur au bout du fil. Il lui fit part des derniers rebondissements. Ce dernier lui assura de venir au plus tôt, même si le secteur géographique de Richmond ne relevait pas de sa compétence. Il trouverait bien un moyen de régler ça.

Beanstock ouvrit la porte principale de la demeure et fit signe de la main à Gonzalès de s'approcher. Le chauffeur se tenait contre la Bentley et fumait un de ces trucs noirs, que Beanstock détestait tant. En quelques mots, le majordome le mit au courant de la situation et le fit entrer.

Gonzalès verrouilla la portière de l'automobile et il le suivit dans la maison. Ils n'eurent pas à patienter longtemps et Beanstock se réjouit particulièrement, lorsqu'ils entendirent bientôt le hurlement de la sirène de la police déchirer l'air.

Le cuisinier, cet énergumène, lui était extrêmement désagréable, avec son regard, sans cesse à l'affût. Il ne lui inspirait pas vraiment confiance. Mais Mr Wollinski junior remarqua vite que Gonzalès le tenait à l'œil.

L'Inspecteur Morris était accompagné de la police scientifique. On les conduisit jusqu'aux chambres, complètement ravagées. L'inspecteur interrogea, ensuite, le fils du cuisinier et la jeune servante. Mais il n'apprit rien de nouveau. Ils n'avaient rien remarqué, rien vu. Ils se comportaient comme les célèbres trois singes de la sagesse et préféraient ne rien dire.

Beanstock remit l'enveloppe à un homme de la police scientifique. Celui-ci, muni de gants, en extirpa une feuille de papier, à l'écriture élégante et serrée. Ils se penchèrent sur le feuillet, curieux.

Dans ce courrier, Mr Wollinski senior était accusé d'avoir passé sous silence des informations sur son fils, qui l'accablaient lourdement. Il s'agissait d'un délit commis dans sa jeunesse, Wollinski junior n'avait alors que dix-sept ans. Le méfait était raconté de façon précise et détaillée. Le jeune garçon travaillait déjà pour Mr et Mrs Portland, en tant qu'aide de cuisine. Il était question d'une jeune dame et d'un collier fort coûteux, qui s'était mystérieusement volatilisé. Un jeune employé, valet de chambre, avait alors été soupçonné. Il clama haut et fort son innocence, mais fut malgré tout tenu pour responsable : il fut arrêté et reconnu coupable. Il se donna la mort, dans sa cellule de prison. Ce geste désespéré fut considéré comme une preuve de sa culpabilité et on classa l'affaire.

Wollinski senior savait pertinemment à quoi s'en tenir. Peu après, le collier avait brusquement réapparu chez un receleur, mais la piste avait été tout simplement ignorée.

Seule, une brève notice dans un dossier de Mr Black rétablissait la vérité sur le vol et la culpabilité de Wollinski junior. La lettre exigeait du père qu'il se donnât la mort plutôt que voir son fils devant un tribunal, d'autant plus que la mort du jeune valet de chambre lui serait également imputée. Mr Wollinski senior avait pour consigne de brûler l'enveloppe et la lettre immédiatement. L'auteur de la missive lui donnait un jour, pas un de plus.

Les deux hommes échangèrent un regard, puis se

tournèrent vers le jeune Wollinski. Confusément, il se sentit alors démasqué et il se mit à transpirer à grosses gouttes.

L'erreur monumentale que l'auteur de la missive avait commise était qu'il avait compté sans un détail et pas un des moindres : le père ne portait pas à son fils un amour démesuré. Cette fois-ci, l'auteur du chantage ne s'était pas donné la peine de faire suffisamment de recherches, pensa Beanstock et ils avaient là, enfin, la preuve noir sur blanc du chantage aux sentiments, odieux et perfide, exercé sur les victimes.

Restait à savoir ce que le maître-chanteur allait faire, quand il réaliserait que son plan était tombé à l'eau ! Beanstock craignait qu'il devînt encore plus impitoyable.

Il informa brièvement l'inspecteur sur ce qu'il comptait faire. Il allait rendre visite au secrétaire particulier, Mr Laurentius, qui habitait non loin du Pont de Londres, dans la Thomas Street. Il irait ensuite dans la Church Street, s'entretenir avec la gouvernante, Mrs Krumm.

Wollinski senior s'était éclipsé dans la nature et on allait lancer un avis de recherche à son encontre. Wollinski junior fut arrêté séance tenante et la jeune servante se tenait là, immobile et ahurie, sur le seuil de la porte de la maison, dans laquelle elle se retrouvait toute seule, à présent.

Après un court moment, les talons de ses chaussures claquèrent sur les marches de l'escalier. Elle jeta dans la valise ses quelques effets personnels ; elle descendit et arrivée au premier étage, alla d'un pas résolu, dans les appartements de Mrs Portland. Là, elle choisit une des plus élégantes robes de soie de la maîtresse de céans et la revêtit. Elle sortit de l'armoire un des plus coûteux sompteux manteaux de fourrure. Se servant des produits de beauté de Madame, elle se maquilla. Elle vaporisa quelques gouttes de Chanel numéro 5 à la naissance de son cou et derrière ses oreilles. Quand elle quitta la maison, par l'escalier à l'arrière de la maison, elle avait l'apparence distinguée d'une dame aisée.

Elle se rendrait à la gare. Là, elle prendrait le premier train pour Maple Durham et irait rendre visite à sa vieille tante. Elle lui avait répété si souvent de venir habiter chez elle. Sa tante était une personne très âgée et certainement mal en point. Elle pourrait peut-être mettre le grappin sur quelque chose. Les vieux avaient toujours quelque objet de valeur. Daisy eut un rictus mauvais et poursuivit son chemin vers la gare.

Le lendemain, un taxi s'immobilisa devant la demeure au numéro 8, à Gloucester Circus, Mr et Mrs Portland eurent la désagréable surprise de ne pas être accueillis par le personnel et de plus, ils trouvèrent une maison vide, dévastée. Un agent de police, posté devant la maison, les mit au fait de la situation.

Mrs Portland, jadis, en des temps glorieux, cantatrice fêtée et adulée, perdit connaissance.

Le pasteur de St Barnabys of the Fields

La Bentley s'arrêta au numéro 2 de la St. Thomas Street, devant une demeure, dont la façade était en briques rouges. Près de la porte, se trouvait un petit bouton, sous lequel figurait un nom : P. Laurentius. Beanstock appuya. Il n'obtint aucune réponse, pas plus qu'il ne perçut le moindre mouvement derrière les rideaux.

Beanstock lut le nom d'un autre locataire, Smith, contre une autre sonnette et il appuya. Il s'agissait d'un nom très répandu dans le pays.

Une fenêtre s'ouvrit au premier étage et une dame regarda en bas, en direction de Beanstock. Elle tenait un torchon à la main et semblait être en plein ménage. Fâchée, elle s'adressa à l'homme, debout devant la porte: « Nous ne voulons rien acheter et nous n'avons rien à donner. Qu'est-ce que vous voulez ? »

Beanstock tendit le cou. Il lui répugnait de parler ainsi, du trottoir vers la fenêtre ouverte. Le voisinage tout entier pourrait entendre ce qui se disait.

« Je voudrais parler à Mr Laurentius. Veuillez me pardonner, Mrs Smith, de vous avoir dérangée. Mais ceci est extrêmement important. »

« S'il n'ouvre pas, c'est qu'il n'est pas chez lui, le type haut en couleurs. » Derrière la dame, Beanstock entendit quelqu'un vociférer.

« Mon mari me dit qu'il a quitté la maison, ce matin à huit heures et on ignore où il travaille. On ne se connaît pas plus que ça. C'est un excentrique, avec ses accoutrements farfelus. »

Beanstock s'apprêtait à répondre, mais la dame agita son chiffon dans tous les sens et ajouta : « Non ! Nous ne savons pas quand il sera de retour. » Et elle s'empressa de refermer bruyamment la fenêtre.

Beanstock ne put retenir un sursaut. Il balaya de la main la poussière, tombée sur lui, quand Mrs Smith avait secoué vigoureusement son torchon. *« Voilà une famille particulièrement bruyante ! »* se dit Beanstock. Il remonta dans la voiture et vérifia dans son petit carnet la prochaine adresse.

C'est alors qu'un gamin apparut, en courant. Il se posta sous la fenêtre et cria, d'une voix précipitée : « Maman ! Jette-moi le ballon ! Je vais jouer dans le terrain de jeu ! »

La fenêtre s'ouvrit à nouveau et le visage furieux de Mrs Smith apparut une nouvelle fois.

« Qu'est-c' que j'en sais, moi, où il est ton ballon ? T'as qu'à monter et le chercher, toi-même ! »

La voix tonitruante, en arrière-plan, se fit entendre. En dépit des vitres relevées de la voiture, Beanstock et Gonzalès ne perdaient pas un seul mot de leur discussion. Ils assistaient à la scène, fascinés.

« Il a fait ses devoirs, le petit ? »

Et comme si le petit en question pouvait ne pas avoir entendu la question, Mrs Smith la répéta, en criant comme un sourd.

« Papa veut savoir si tu as déjà fait tes devoirs ! »

Le gamin prit une profonde inspiration.

« Non ! Je les ferai après ! Jette-moi le ballon ! »

Les deux hommes échangèrent un regard inquiet.

« Gonzalès ! Démarrez ! Vite, vite ! » lui intima

169

Beanstock et le chauffeur ne se le fit pas dire deux fois. Beanstock n'émit aucun commentaire sur la manière de conduire de Gonzalès. Il était tout simplement soulagé de s'en aller et mettre une distance entre cet endroit et eux.

« Eh bien ! Il s'agissait de l'adresse privée du secrétaire. Mrs Prissy n'avait aucune autre information quant à l'endroit où il travaillerait actuellement. Elle savait uniquement qu'il avait travaillé jusqu'en 1939, pour une certaine Madame de Rouge, une actrice très appréciée, d'un théâtre londonien. Ensuite, il semble s'être volatilisé. Plus une trace de lui ! Dans le fichier ne figurait que son adresse. Eh bien ! Nous n'avons pas d'autre choix : nous devrons revenir. Reste seulement à espérer que cette famille criarde ne sera pas là. »

Beanstock feuilleta dans son calepin.

« Gonzalès, nous nous rendons maintenant dans la Church Street ; donc, de nouveau sur l'autre rive de la Tamise. »

Le chauffeur hocha la tête, d'un air entendu.

« White Chapel, puis Stratford. Et là, se trouve la Church Street. Qui souhaitez-vous y rencontrer, Mr Beanstock ? »

« La gouvernante Dolores Krumm, employée par le pasteur de St Barnabys of the Fields, qui est à la retraite, depuis plusieurs années. »

Gonzalès pouffa de rire.

« On peut dire que le nom de la rue tombe bien, Church Street. Il n'aurait pas pu choisir mieux ! »

La petite chaumière de la Church Street eut été plus à sa place dans un endroit comme St. Mary Mead, qui abritait de charmantes petites maisons de campagne et de belles chaumières. Et Beanstock n'aurait pas été le moins du

170

monde surpris de voir s'ouvrir une porte et apparaître Miss Marple, son ouvrage à la main, portant un des charmants chapeaux et un de ses jolis gilets, qu'elle avait elle-même tricotés. On ne s'attendait pas à voir un si ravissant cottage, ici en plein cœur de Londres.

Il avait été construit sur ce petit terrain, en retrait, ce qui avait laissé suffisamment de place devant la maison pour un joli petit jardin que les habitants devaient certainement apprécier et utiliser. Les rigueurs de l'hiver londonien avaient recouvert le sol jonché de feuilles mortes d'une couverture de neige. Ci et là, dans ce petit jardin, entouré d'une clôture basse, quelques arbrisseaux et autres plantes herbacées pointaient timidement le bout de leur nez, attendant patiemment les premiers rayons du printemps.

À l'intérieur de la Bentley, un sourire illumina le visage des deux messieurs, sous le charme. Ils avaient l'impression de se retrouver à Parsley Field. Le cottage avait des fenêtres à meneaux blanches ; la porte, sur laquelle était accrochée une couronne de pommes épineuses, était peinte d'un joli vert et sous le toit recouvert de neige, des tuiles rouges dépassaient.

« Je peux venir, Señor Beanstock ? Il fait très froid, dehors ! »

Gonzalès lança un regard implorant à Beanstock ! Il était impossible de rester de glace devant un tel regard, alors ils descendirent tous deux du véhicule et s'approchèrent de la porte. La porte s'ouvrit, avant même que Beanstock ne frappât.

Une dame d'âge avancé apparut. Elle se tourna vers une personne, en retrait, et annonça d'une voix, au timbre doux et clair, comme celui d'une flûte.

« Je vais récupérer le courrier, mon Révérend Père ! Je

171

reviens tout de suite ! »

Le visage de Beanstock devint livide.

« Elle a l'intention de lui apporter le courrier, Gonzalès, avez-vous entendu ? »

« Si, c'est ce qu'on fait, le matin. Vous le faites aussi chaque jour, non ? »

À ce moment précis, la dame se retourna et découvrit les deux messieurs.

« Oh ! De la visite ! Que puis-je faire pour ces messieurs ? »

De l'intérieur, une voix haut perchée se fit entendre.

« De la visite ? Vous avez dit de la visite, Mrs Krumm ? Faites-les entrer ! Entrez donc ! »

Le visage souriant, elle se mit de côté et leur fit signe d'entrer.

« Je vous en prie ! Ne vous dérangez pas pour nous ! Vous pouvez aller récupérer d'abord le courrier. » rétorqua Beanstock.

Mrs Krumm dévisagea Beanstock, d'un air sceptique, puis elle se résolut à aller jusqu'à la boîte aux lettres, contre la clôture. Elle en sortit une pile de lettres et d'enveloppes. Beanstock tendit le cou pour essayer de voir si une grande enveloppe grise se trouvait parmi elles.

L'intérieur de la maison dégageait une atmosphère très chaleureuse. Les beaux vieux meubles en bois sombre, cirés à neuf, étincelaient de propreté. Des fauteuils confortables étaient placés devant une modeste cheminée, dans lequel un feu joyeux brillait. Des peintures à huile de grands paysages boisés, inondés de soleil, étaient accrochées sur les murs. Un homme aux cheveux blancs et au sourire avenant était installé sur un fauteuil. Pas une surface de meuble ou de fauteuil qui n'eût été recouverte

172

d'un napperon crocheté. Beanstock constata qu'un ouvrage était posé sur le bras d'un fauteuil. Ce devait certainement être l'œuvre de la gouvernante.

L'homme se leva, en poussant un gémissement de douleur, puis il saisit la canne, qui se trouvait là, près du fauteuil. Il leur tendit la main, plein d'attente. Ils allaient maintenant connaître le monsieur à la voix si *aigüe*.

Beanstock estima que le vieil homme devait avoir environ quatre-vingts ans. Son opulente chevelure et sa barbe dense et fournie étaient d'une blancheur immaculée. Une minuscule paire de lunettes cerclée d'or était juchée sur le bout de son nez. Avec sa tenue d'intérieur à carreaux rouges, paraissant douce et moelleuse et ses pieds couverts de chaussons verts, il avait tout du Père Noël.

« Quel plaisir inattendu! Nous ne recevons pas souvent de visite. Mais je vous en prie, prenez place. Mrs Krumm, un thé ne serait pas de refus et apportez également quelques uns de vos délicieux biscuits au gingembre. »

Avant que Gonzalès eût pu s'asseoir, Mrs Krumm s'empressa de prendre l'ouvrage du fauteuil. Elle le tendit au pasteur.

« Mon Père, si vous pouviez ne pas laisser sans cesse traîner votre crochet et vos pelotes de laine… »

Gonzalès eut beaucoup de mal à ne pas éclater d'un rire sonore. Beanstock prit place sur un des fauteuils, il ne laissa pas à Mrs Krumm le temps de disparaître à la cuisine et se présenta dans les formes.

« Révérend Père, je suis Mr Beanstock et je travaille chez le baronnet, Sir Percival Parsley, au Parsley Manor. Le monsieur, qui m'accompagne, est notre chauffeur, Señor Gonzalès. En ce moment, j'apporte mon aide à la guilde *Daisy Chain*. Vous pouvez contacter Mr Black à l'hôtel

173

Langham, si vous le souhaitez et il se fera un plaisir de vous confirmer mes dires. Je le comprendrais tout à fait. Je désirerais m'entretenir en tête-à-tête avec Mrs Krumm. Il s'agit d'une affaire concernant exclusivement *Daisy Chain*. » Il regardait en même temps Mrs Krumm.

La gouvernante regarda son employeur avec des yeux ronds. Le pasteur de St. Barnaby of the Fields posa un regard inquiet tour à tour sur sa gouvernante, puis sur les deux messieurs, présents dans le salon.

« Pour ce qui est de cette guilde, je suis parfaitement au courant de son rôle, messieurs. Vous pouvez parler ouvertement en ma présence. Mrs Krumm et moi sommes des amis de longue date et tout ce qui touche à elle me concerne aussi. Alors, allez-y ! On vous écoute ! »

Beanstock se racla la gorge.

« Pourrais-je d'abord jeter un coup d'œil au courrier, afin de vérifier si une certaine lettre s'y trouverait par hasard ? »

Cette requête étonna les deux vieilles personnes.

« Une lettre ? » demanda la gouvernante de sa voix mélodieuse. « Je ne comprends pas en quoi cela pourrait être d'une quelconque importance pour vous ? »

Elle interrogea du regard son employeur, qui lui fit un signe d'assentiment de la tête. Elle sortit prendre le courrier dans le couloir.

« Je vous présente mes excuses, si je bouleverse votre routine quotidienne, avec ma visite impromptue. » répliqua Beanstock. Le pasteur sourit.

« Voici bientôt dix ans que je suis à la retraite. Alors vous imaginez que les visites sont plutôt rares. Je me réjouis particulièrement de tout ce qui peut rompre le train-train quotidien. Ne vous faites pas de souci par

174

rapport à cela. Vous vous interrogez peut-être sur la nature de notre relation ? Mais je vous rassure, ce n'est pas ce à quoi vous pourriez penser. Mrs Krumm, Dolorès est à mon service, depuis mes tout débuts comme pasteur ici, à St. Barnaby. Au fil de toutes ces années passées ensemble, nous avons vécu des moments bons et d'autres moins. Nous n'avons été séparés que très peu de temps, pendant cette effroyable guerre, quand elle a dû s'occuper de sa famille. Et avant que vous ne posiez la question : Non ! Nous ne sommes pas un couple ! Nous ne l'avons jamais été. Nous sommes tout simplement les meilleurs amis du monde. »

Beanstock eut un petit sourire. Effectivement, cela avait été sa toute première pensée, après avoir appris que la gouvernante travaillait pour un pasteur. Comme quoi, il ne fallait jamais tirer de conclusions hâtives, pensait-il en son for intérieur.

« Ah ! Dites-moi, Mr Beanstock, connaissez-vous le pasteur de Parsley Field ? Ce brave Wilson, mon vieil ami, exerce-t-il toujours dans cette paroisse ? » Un sourire illumina son visage de l'intérieur. Beanstock lui fit part qu'à Parsley Field, le pasteur Wilson jouissait de l'estime de tous les habitants.

« Est-ce qu'il s'en met toujours partout, dès qu'il mange, comme avant ? Oh ! On a eu plus d'une fois l'occasion d'en rire, quand nous mangions ensemble. *Ça* fait longtemps que je n'ai pas vu cette vieille noix. »

« Eh bien ! Notre pasteur Wilson est un membre on ne peut plus apprécié de notre paroisse. Je ne peux rien dire de plus, Révérend Père ! Bien entendu, Beanstock se devait de rester courtois. Le Révérend Père gloussa d'amusement.

« Il s'est pris d'affection pour son église, à tel point

175

qu'il n'a que ce mot à la bouche. Son Excellence, notre archevêque, n'a pas du tout apprécié, il s'en est offusqué et mon vieil ami n'a pas fait bonne impression auprès de Son Excellence. Peut-être devrions-nous songer à lui rendre visite ? Qu'en dites-vous, Dolorès ? »

Mrs Krumm acquiesça, d'un petit signe de la tête, en déposant le courrier sur la table basse. Beanstock s'empara immédiatement des plus grandes lettres et les examina soigneusement. Nulle trace d'une grande enveloppe grise, où une petite pâquerette ou simplement le nom de la gouvernante figuraient ! Le courrier était exclusivement adressé au pasteur. Mais il ne fallait pas se réjouir trop tôt et penser naïvement que l'assassin allait exclure Mrs Krumm de ses sombres projets.

Donc, il n'avait pas le choix ! Il devait poser cette fameuse question, puisque les dossiers en question avaient été subtilisés du quartier général. Il se sentait très mal à l'aise. Mais il n'avait guère le choix.

« Je dois vous demander ce qui a été enregistré par *Daisy Chain* dans le fichier vous concernant. Nous supposons que quelqu'un a dérobé certains dossiers bien précis du quartier général et le vôtre se trouve parmi eux, Mrs Krumm. Il procède de la façon suivante : il a cherché, parmi les membres de notre guilde, des personnes ayant un lourd secret, il leur envoie ensuite une lettre de menace, dans laquelle il leur somme de se donner la mort, à défaut de quoi il étalerait au grand jour ce secret si jalousement gardé. Une personne serait traînée dans la boue et son honneur et son nom à jamais bafoués. Il exige également que la lettre soit brûlée. Et cet assassin a déjà frappé quatre fois. Il a compté sur l'intégrité absolue et le sens de l'honneur d'un domestique à l'égard de son employeur. Je

176

crains qu'on ne trouve un jour majordomes, nourrices, servantes, jardiniers ou cuisiniers loyaux et intègres plus que dans de belles histoires adaptées par des cinéastes. Alors, notre guilde n'aura plus lieu d'être et elle cessera alors d'exister. Et pourtant, dans les cas cités, les domestiques ont préféré se donner la mort, plutôt que d'accepter que l'honneur d'une autre personne ne soit jeté en pâture à la vindicte publique. »

Le pasteur ferma un instant les yeux, et joignit ses mains en une prière muette.

« Pauvres âmes. Mais, je ne suis pas de votre avis, Mr Beanstock. Il existera toujours des personnes avec un sens de l'honneur hors du commun. Le sens de la justice et de l'équité chez l'être humain ne va pas disparaître ; même si je ne comprends pas pourquoi ces personnes ont préféré se donner la mort plutôt que de se confier à un ami. Il existe toujours une solution, non ? » Sa voix haute tremblait légèrement.

« Révérend, je partage votre opinion. » répondit Beanstock, « Et pourtant, c'est bien ce qui est arrivé. Au début, nous tâtonnions et soudain, une chose s'est produite, avec laquelle le maître-chanteur n'avait pas compté. Il a fait une erreur et grâce à cela, j'ai pu reconnaître sa façon de procéder. C'est pourquoi je suis là. Je voudrais vous mettre en garde. Si nous savons de quoi il a été question dans votre dossier, nous pourrons peut-être éviter une nouvelle tragédie. »

Le pasteur réfléchit un instant.

« Pourquoi donc êtes-vous si sûr qu'il s'agit d'un homme, Mr Beanstock ? Pendant toutes mes années d'exercice, j'ai recueilli dans mon isoloir les confessions de mes paroissiens et croyez-moi, ce sont les dames qui m'ont

177

fait parfois des révélations macabres. Des histoires à vous faire dresser les cheveux sur la tête, mon brave Beanstock ! »

« En fait, nous ne savons absolument pas, s'il s'agit d'un homme ou d'une femme. Vous avez tout à fait raison. »

Beanstock se renversa dans son fauteuil et considéra, plein d'espoir, la gouvernante.

« Si vous le désirez, Señor Gonzalès peut sortir. Vous vous sentirez peut-être plus à l'aise pour parler. »

Mrs Krumm était debout près du pasteur, qui lui prit la main et lui fit un signe d'encouragement de la tête.

« Dolorès, cela fait si longtemps. Raconte-le. Cela n'a plus la moindre importance et après tout, qu'est-ce qu'il peut bien m'arriver ? On se débrouillera ! »

Gonzalès s'était levé de son fauteuil, mais Mrs Krumm lui fit signe de se rasseoir.

« C'est inutile. Comme le cher pasteur l'a si justement dit : C'était il y a fort longtemps et cela n'a plus vraiment grande importance. Et surtout, je n'ai nullement l'intention de renoncer pour cela au salut chrétien de mon âme, en commettant cet acte déshonorant et infâme qu'est le suicide. Je préfèrerais me livrer à la police et assumer l'entière responsabilité de ces actes, pour protéger mon pasteur. »

L'ecclésiastique parut même grandir de quelques centimètres et il était manifestement touché par l'immense estime que lui témoignait sa gouvernante et amie.

Elle commença à se confier.

« Il y a de cela plus de trente ans, notre bon pasteur était alors clerc à St. Barnabys of the Fields. C'était alors, en décembre 1914, une modeste paroisse. Notre pays était

178

depuis le mois d'août au cœur de cette effroyable guerre. Les hommes de notre paroisse aussi partirent en guerre. Et beaucoup d'entre eux ne sont jamais revenus. Un soir, j'étais occupée à décorer l'autel de branches de sapin, pour la fête de la Nativité. Il était tard et le Révérend Père se trouvait dans la sacristie et écrivait le sermon. Un jeune homme arriva, en courant, dans l'église. Il était extrêmement bouleversé et voulut savoir où se trouvait le Très Révérend Père. Il devait lui parler sur-le-champ. Il me parut complètement affolé et désespéré. Je le conduisis à la sacristie. Il avait déserté et voulait trouver refuge dans l'église. Il nous apprit qu'il était recherché et le Révérend Père était donc son unique espoir, pour ne pas être jeté en prison. Il demanda à bénéficier de la protection de l'église. »

Mrs Krumm arrêta son récit et déglutit avec peine.

Beanstock se leva de son fauteuil.

« Mrs Krumm, si vous me le permettez, je vais nous préparer un thé. Cela vous fera du bien. »

Sous les yeux ahuris des deux vieilles personnes, le majordome se rendit à la cuisine et prépara le thé, avec la même aisance que s'il se trouvât chez lui. Gonzalès n'était guère surpris.

« Notre Señor Beanstock est majordome ! » tenta-t-il de leur expliquer. « Et notre Señor B. ne peut pas faire autrement. Il est majordome ; il a ça dans le sang, vous comprenez? »

Après une poignée de minutes, chacun avait une tasse de thé fumant, devant lui et Beanstock n'avait pas oublié d'apporter les biscuits au gingembre.

« Et qu'arriva-t-il ? Avez-vous accordé à cet homme la protection de l'église? Jusque là, je n'ai rien vu qui

179

ressemblât de près ou de loin à un délit. Il est du devoir de l'église d'offrir sa protection et venir en aide aux âmes en détresse, il me semble ? » s'enquit Beanstock.

Mrs Krumm garda le regard baissé sur ses mains parcheminées, qu'elle se mit à triturer nerveusement l'une contre l'autre.

« Autrefois, un déserteur était jeté en prison pour le restant de ses jours, sans parler de l'honneur perdu à tout jamais. Ce dernier point était alors pire que tout. Le jeune homme resta chez nous presque une année entière. »

De petites taches roses colorèrent son visage.

« Je ne tire aucune fierté de ce qui s'ensuivit. Je lui apportai chaque jour de quoi manger et tout ce dont on peut avoir besoin, un peu de tabac, une nouvelle chemise. Je ne sais comment cela est arrivé, mais je tombai éperdument amoureuse du jeune homme. J'étais jeune et sans expérience, j'avais à peine commencé à travailler pour notre pasteur et je me sentais quelque peu abandonnée par ma famille. Nous commençâmes une relation amoureuse. Ce n'est que bien trop tard que je réalisai que cet homme avait très mauvais caractère. Il devint arrogant et tyrannique à mon égard. »

Elle interrompit son récit, pour boire une gorgée de thé.

Le pasteur poursuivit.

« J'avais remarqué, bien sûr, ce qui se jouait entre les deux, mais je ne souhaitais pas m'immiscer. Dolorès était si jeune et faisait tout juste ses premiers pas dans sa vie d'adulte. Je pensais qu'au moment venu, elle se confierait à moi. Hélas, quand elle vint, il était déjà trop tard et je m'en voulus terriblement. »

Mrs Krumm posa sa main sur le bras du pasteur et livra la fin sordide de cette liaison.

180

« J'étais déchirée. Il voulait quitter le refuge de l'église, pour se rendre à l'étranger. Les remous provoqués par sa désertion s'étaient émoussés et les recherches le concernant avaient été abandonnées. En 1915, d'autres problèmes étaient plus impérieux que la traque d'un fugitif. Nous avions décidé de partir ensemble le jour de Noël de la même année. C'est du moins ce qu'il m'avait promis et il me pria de n'en parler à personne. Quelle sotte j'étais. Cet homme me tenait complètement. Pour m'éloigner de l'église, il me pria d'aller préparer mes affaires. Nous devions partir le lendemain. Mais cela ne s'est pas du tout passé comme je le croyais. Entretemps, mon travail chez le pasteur me tenait à cœur et cela ne me semblait pas juste de partir comme ça, sans un mot. Donc, je lui ai tout raconté. Pour moi, c'était une confession, en quelque sorte. J'avais l'impression qu'un immense poids venait de tomber de mes épaules. Le Très Révérend Père me prit par la main et me conduisit dans la sacristie, pour parler avec le jeune homme de tout cela. Il me rassura, nous allions trouver une meilleure solution, qui nous permettrait de nous marier, tout en restant en Angleterre. »

De grosses larmes coulaient maintenant sur les joues de Mrs Krumm.

Elle était dévastée.

Beanstock sortit un de ses mouchoirs de la poche de son veston et constata, à sa grande satisfaction, que la gouvernante en avait déjà un! Il pensa, avec un soupir de regret, au nombre impressionnant de mouchoirs dont il avait besoin, à Parsley Manor et pas pour son usage personnel.

Le pasteur se chargea de finir le récit.

« Voyez-vous, à notre arrivée dans l'église, nous avons

181

déjà remarqué dans le vestibule de quelle façon ce monsieur avait exprimé sa gratitude face à notre générosité. Le chandelier, le calice et le portique, tous trois en argent massif, n'étaient plus à leur place, sur l'autel. Ils avaient disparu. Et cependant, pour moi, le plus grand sacrilège est qu'il se soit emparé du crucifix d'autel fait d'argent. Je ne peux toujours pas comprendre comment cet homme a réussi à nous tromper à ce point. Dolorès était brisée de douleur.

Il m'était impossible de m'adresser à la police. Ils auraient emprisonné Dolorès sur le champ. Je ne pouvais pas non me confier à ma hiérarchie. Cela aurait signifié notre ruine. Il me restait une seule chose à faire. Je fis remplacer le chandelier par une réplique en argent, j'achetai un calice similaire et un crucifix d'autel en bois et je peignis le tout d'une couche couleur argent. Nul ne remarquerait qu'il ne s'agissait pas des pièces coûteuses d'origine. Et grâce à mon travail d'amateur, on avait l'impression que les pièces étaient antiques et patinées par le temps. Au fil du temps, nous avons pu, avec nos propres économies, remplacer un à un ces objets par d'authentiques pièces. L'église n'a pas subi le moindre dommage. Voilà le crime dont nous sommes coupables. »

Dolorès était déjà membre de *Daisy Chain* et je la priai de consigner cette mésaventure dans un dossier, au quartier général. Je pensais que cela ne nous nuirait pas. Mais, comme nous le constatons aujourd'hui, cette affaire peut nous porter préjudice.

Les fantômes de l'hôtel Langham

Beanstock et Gonzalès étaient assis à *Smoking Snooper*, le regard perdu dans leurs pintes vides, chacun abîmé dans ses pensées. Cette journée d'hiver tirait à sa fin et le soir tombait doucement.

Après avoir pris congé des deux vieilles personnes de la Church Street, ils s'étaient rendus, une nouvelle fois, à l'adresse du secrétaire particulier, mais, là encore, sans succès. Beanstock trouvait cela très frustrant, d'autant plus qu'il n'avait nullement progressé dans ses recherches.

Au moins, il était sûr qu'il n'était rien arrivé à Mrs Krumm, la gouvernante. Et après les révélations faites, il savait maintenant à quoi s'en tenir. Il prit une profonde inspiration et laissa échapper un soupir.

Gonzalès leva les yeux de son verre vide et regarda, désolé, le majordome.

« Je suis content ! Il ne va rien arriver au brave pasteur et à la sympathique gouvernante ! Ils sont maintenant en sécurité. C'est une petite victoire, pas vrai, Señor Beanstock ? »

Beanstock le dévisagea avec tristesse ; puis, il déposa quelques billets sur la table et les fit glisser vers Gonzalès. Le chauffeur devait aller au comptoir prendre de nouvelles consommations.

« Ce sera un thé pour moi, Gonzalès et demandez si nous pourrions avoir quelques sandwiches. »

Le chauffeur se dirigea vers Big Jim, qui était occupé à

astiquer les verres derrière le comptoir, l'air grognon, comme à son habitude. Aujourd'hui, Fennie n'était pas là et le pub paraissait nettement moins accueillant.

Big Jim déposa les boissons commandées et une assiette, pleine de sandwiches, sur un plateau, qu'il poussa vers Gonzalès, de l'autre côté du comptoir. Maintenant que le tenancier avait les billets entre ses mains, il ne put s'empêcher de laisser échapper une remarque.

« Et dites au monsieur raffiné, qu'ici on n'est pas dans un club, pour servir un goûter dînatoire, accompagné d'un thé. Ici, on ne sert pas de High Tea ! » Gonzalès ne comprit pas un seul mot. Et arrivé à leur table, il s'empressa d'interroger Beanstock.

« Les personnes raffinées de la bonne société aiment à prendre le goûter dînatoire, accompagné de thé. Il est exclusivement servi sur une table, d'où le nom de High Tea. On peut également servir le thé sans façon, sans le poser sur une table, mais tout simplement avec une serviette posée sur les genoux. Toutes sortes de pâtisseries, des sandwiches au concombre et bien sûr une flûte de champagne composent ce goûter dînatoire. Je ne pense pas que l'on puisse s'attendre à une telle chose, dans ce lieu. C'est pourquoi, je ne comprends qu'en partie la remarque de Big Jim. »

Gonzalès avait écouté, l'air fasciné, les explications détaillées du majordome.

« Fantástico, Señor! Vous êtes une véritable encyclopédie vivante. »

« On apprend cela à l'école de formation de majordome, Señor Gonzalès. Le *Langham* était réputé pour la célébration, chaque jour, de ce rituel du thé. » ajouta Beanstock, puis il devint pensif. Suivit un long silence et les deux messieurs croquèrent dans leurs sandwiches.

Gonzalès avait un petit sourire en coin. La jeune Fennie était un joli brin de fille. Mais il ne fallait en aucun cas sous-estimer Big Jim. Ou peut-être, le jeu n'en valait-il pas la chandelle ! À Parsley Field aussi, il y avait aussi de jolies filles. Par exemple, Lizzy, la nouvelle servante de Parsley Manor, avec sa belle chevelure d'un noir d'ébène et cette petite étincelle dans les yeux. Une chose était sûre : elle avait du tempérament. Mais avec le majordome, dans les parages ? Non, mieux valait ne rien risquer. Un job, comme celui qu'il avait chez les baronnets, ne courait pas les rues. Ah ! Et il ne fallait pas oublier la voiture ! L'état du moteur laissait à désirer. Où pourrait-il dénicher un nouveau moteur ? Dès qu'il fonctionnerait de nouveau, il pourrait inviter une dame à un pique-nique. Il avait entendu dire que c'était l'usage en Angleterre.

Des questions d'un autre ordre trottaient dans la tête de Beanstock.

Pour quelle raison le meurtrier tenait-il absolument à des suicides ?

Pourquoi les victimes étaient-elles toutes des domestiques ?

Tout avait commencé à l'hôtel *Langham*, avec le cambriolage de *Daisy Chain*. L'assassin ou la meurtrière devaient avoir un lien avec *Daisy Chain*. Celui, qui avait commis ces crimes, était ou avait été domestique. Mais quel était le motif ?

Avait-il également fait disparaître le dossier le concernant, lors du vol ? Avait-il vécu dans le passé quelque chose de si traumatisant, qui aurait fait naître une rancœur telle, qu'il avait décidé de passer à l'acte, en assassinant par suicide imposé ? Est-ce que cela pouvait-il

185

être si simple ? La vengeance, comme le plus vieux motif au monde ? Oui, mais pourquoi précisément maintenant ?

Et il y avait aussi cette chanson… *It's only a Papermoon*, un air de danse de 1932. Le texte disait : *Ce n'est qu'une lune de papier, naviguant sur une mer de carton*. L'assassin avait fredonné cet air, à chacun des lieux de crime ; et il l'avait entendu de ses propres oreilles, dans la Baker Street. Ce fait précis, à l'origine de cette campagne de vengeance, ne pouvait s'être produit qu'après 1932, date à laquelle cette chanson était parue. C'est ce que le constable féru de musique leur avait appris.

La Baker Street n'était pas très loin de l'hôtel *Langham*. Toutes ses pensées le menaient sans cesse à cet hôtel.

Le criminel avait peut-être travaillé au *Langham* et dans la somptueuse salle de bal, il avait dansé sur cet air-là ? Ou alors, la meurtrière avait vécu une histoire d'amour avec un monsieur et cette liaison avait connu une fin tragique ? Des hypothèses, tout cela n'étaient que des hypothèses, qui débouchaient sur une impasse.

« Nous allons à l'hôtel *Langham*, Gonzalès ! » lança Beanstock, d'une voix plus forte qu'il n'aurait voulu. Avec un sursaut, Gonzalès fut tiré de sa rêverie et manqua de s'étrangler avec la dernière bouchée de son sandwich. Beanstock le tapa dans le dos.

Peu après, le chauffeur suivit les instructions du majordome : il déposa Beanstock et retourna dans la Baker Street.

Et Beanstock se retrouva, une fois de plus, devant le majestueux hôtel. Il contempla la façade lézardée, truffée d'éclats d'obus, tout en se demandant quel détail important il avait négligé. Il gravit les quelques marches, qui donnaient sur l'entrée, à l'arrière de l'édifice et tourna le

186

bouton de porte. Celle-ci était fermée à clé. Mais évidemment ! Personne n'était au courant de sa venue et il ne voyait nulle trace de Mr Clemm, l'intendant.

Il contourna le bâtiment et se rendit à l'entrée principale de l'hôtel. Qui sait ? Il pourrait, ainsi pénétrer dans l'hôtel. Toutes les cabines téléphoniques publiques n'avaient pas encore été réparées et il n'avait remarqué aucune de ces cabines rouges aux abords de l'hôtel.

Tout en marchant, il chercha des yeux un pub, d'où il pourrait appeler Mr Black.

L'obscurité tombait rapidement et de légers flocons blancs voltigeaient dans l'air. L'hôtel était enveloppé d'un étrange silence presque surnaturel. La BBC semblait bel et bien vouloir renoncer à ce bâtiment. Devant l'entrée principale, il leva les yeux et constata que les fenêtres étaient plongées dans l'obscurité.

Personne ne se tenait devant la porte. Il passa sous le portique, paré de part et d'autre de piliers angulaires, élancés puis monta les marches du perron jusqu'à la porte d'entrée.

Avant même de la pousser, Beanstock jeta un coup d'œil à travers les vitres, recouvertes d'une fine pellicule de poussière, dans le hall désert, abandonné de l'hôtel. La porte céda et Beanstock fut soudain dans le foyer du Langham. Comment était-ce possible ? Il refusait de croire que Mr Clemm avait été si étourdi et oublié de verrouiller la porte. Quelques employés de la BBC devaient probablement être encore dans un des bureaux ou travaillaient dans les studios d'enregistrement? Oui, mais dans ce cas, n'était-ce pas étrange qu'il n'ait pas vu une seule lumière dans une des nombreuses pièces ?

Doucement, Beanstock avança à tâtons, dans la

187

pénombre du hall de l'hôtel. Seule, la lumière, projetée par les réverbères, alignés le long des trottoirs, éclairait la pièce. Et même là, les flocons de neige, de plus en plus denses, rendaient cette lumière diffuse et incertaine.

Il grimpa les cinq marches jusqu'au vestibule. Les gigantesques piliers de marbre semblaient ternes et gris et on avait empilé quelques meubles dans un coin.

Au-delà des portes immenses, Beanstock pouvait apercevoir les salons attenants. Si sa mémoire était exacte, jadis se trouvait sur sa droite l'imposant comptoir de la réception, derrière lequel se tenait le concierge.

Où se trouvait la salle de bal ? Il supposait qu'elle était au premier étage. Alors qu'il n'était qu'un tout jeune majordome, il avait eu pour consigne de livrer une lettre à l'hôtel *Langham* et c'est tout juste s'il avait eu le temps de jeter un coup d'œil furtif sur les multiples salons du vénérable hôtel. Et maintenant, rien n'était plus pareil. Dans ce clair-obscur, il avait du mal à reconnaître l'hôtel.

Il ne se souvenait que de ces majestueuses colonnes d'inspiration romaine aux chapiteaux dorés et du magnifique plafond blanc à caissons de la salle de bal. Sur la piste, des couples virevoltaient au rythme de la musique. La haute société londonienne dansait sur les airs à la mode. Drapées de robes scintillantes et coiffées de longues plumes dans les cheveux, les dames arboraient des parures de bijoux, brillant de mille feux à leurs bras et autour du cou. Les hommes guindés étaient en smoking ou en queue-de-pie sombres.

Il lui semblait presque entendre la musique et voir évoluer ces couples, tourbillonnants sur la piste. Il entendait le cliquetis de vaisselle et voyait de jeunes serveurs, sveltes, munis de plateaux, proposer des coupes et

188

des flûtes en baccarat, dans lesquelles pétillait du champagne. Mais où donc était cette salle de bal ? Il regarda autour de lui, puis se dirigea tout doucement vers l'escalier, qui menait aux différents étages. Il croyait se souvenir qu'il était près de l'ascenseur.

Autrefois, l'hôtel disposait même de son propre bureau de poste. Dans l'immense hall se trouvait un guichet, où l'on pouvait se procurer des billets pour l'opéra. Faire une réservation pour un voyage de luxe dans le mythique Orient-Express ou acheter un billet de passage pour une croisière transatlantique à bord du géant des mers, le paquebot Majestic de la compagnie maritime, White Star Line étaient tout aussi possibles. L'hôtel *Langham* était un monde en soi, une petite enclave, au sein de la métropole londonienne.

Nul besoin de quitter l'hôtel, si on voulait avoir un peu de divertissement. C'est ce dont était convaincue cette jeune écrivain, qui avait longtemps vécu et écrit ses livres ici même. C'est d'un employé de l'hôtel que Beanstock tenait cela. Des roses noires devaient lui être livrées chaque matin et lorsqu'elle écrivait un de ses romans, elle restait allongée dans son lit immense, les rideaux tirés sur les fenêtres ne laissaient percer aucune lumière du jour et elle s'éclairait à la lueur de bougies, afin de créer l'ambiance idéale pour l'écriture. Cette femme avait été un véritable oiseau exotique du *XIXe siècle*.

Les pas de Beanstock résonnaient sur le sol couvert de marbre. Si l'on marchait encore tout droit, on atteignait le Palm Court. C'est ici que l'on servait *le High Tea*, au sujet duquel Gonzalès l'avait questionné. Avant la guerre, cette cérémonie était considérée comme le nec plus ultra du luxe. Dans le salon, le plafonnier en verre soufflé était désormais gris sale, à cause de l'épaisse couche de poussière, posée sur sa surface et il jetait une lumière diffuse. Il fut un temps, où ce lieu enchanteur était inondé de lumière, avec ses magnifiques palmiers, dans leurs immenses pots colorés. Depuis bien longtemps, les palmiers n'étaient plus là.

Il contempla l'ascenseur hydraulique, jadis une merveille de technologie, une première mondiale. Il se souvint qu'un veilleur de nuit avait fait une chute mortelle dans la cage d'ascenseur. L'hôtel était hanté par de nombreux esprits. Il entendit un léger bruit, semblable à un froissement tout contre son oreille. L'assassin était-il un des spectres qui hantaient l'hôtel ? Un pied déjà posé sur l'escalier en pierre, Beanstock se ravisa et se dirigea vers l'endroit, d'où provenait ce bruissement.

Il entendit ce même bruit à nouveau.

À peine perceptible, un trottinement venait, lui, d'une autre direction. C'était là une énigme policière facile à résoudre. Certainement une famille de souris avait saisi la balle au bond et élu domicile dans ce vénérable hôtel. Comment leur en vouloir avec ce froid glacial à l'extérieur ?

Il jeta un regard circonspect en direction du salon.

Au fond de la salle, on pouvait deviner les contours arrondis d'un comptoir de bar. Quelques bouteilles poussiéreuses étaient encore là, posées sur l'étagère, contre le mur, derrière le comptoir. Il vit, tout autour de lui, le mobilier recouvert de draps.

À nouveau, ce bruit étrange se fit entendre. Il distingua vaguement une ombre qui se relevait, derrière le bar. D'un geste vif, Beanstock se baissa. La silhouette se raidit et regarda dans sa direction.

Une lampe de poche surgit de derrière le bar et éclaira le décor fantôme.

« Qui est-là, que diable? Vous ne trouverez rien à voler, ici, si je peux me permettre d'ajouter. C'est peine perdue, le coffre est vide ! »

Beanstock sortit de sa cachette et fit quelques pas en direction de la silhouette, dans l'obscurité, qui se révéla être celle de Mr Clemm.

« Mr Beanstock? Comment avez-vous pu entrer ? J'ignorais que quelqu'un se trouvait encore là? »

« Veuillez excuser mon intrusion, Mr Clemm, la porte à l'arrière du bâtiment était verrouillée et j'ai trouvé celle de devant ouverte. Je voulais m'assurer si Mr Black était encore dans son bureau, au dernier étage. Il n'est pas au courant de ma visite. »

L'intendant tendit sa main vers le sol et s'empara d'une vieille sacoche en cuir, toute élimée. Puis il sortit de derrière le comptoir.

« Je pensais enfin pouvoir profiter que la maison est vide, pour poser des pièges pour les souris. Nous avons un petit souci avec ces petits rongeurs, depuis que les températures ont vraiment chuté. »

Il sortit un des pièges de la poche et le montra à Beanstock.

« Ma longue expérience avec le peuple des rongeurs m'aura appris une chose, la plupart des souris sont bien plus intelligentes qu'on ne le pense. Qu'est-ce que vous utilisez, pour les appâter ? » Curieux, Beanstock contempla les pièges.

« Un morceau de fromage, évidemment ! Pourquoi ? Qu'est-ce que vous prenez, vous ? »

« Je vous recommanderais plutôt de prendre du fromage fumé. Et si vous n'en avez pas à portée de main, passez le

191

fromage au-dessus de la flamme d'une bougie. Cela est amplement suffisant. L'odeur doit parvenir jusqu'aux narines des petits trouble-fête, vous comprenez ? »

Mr Clemm ne parut pas vraiment convaincu ; son regard passa de ses pièges à Beanstock.

« Venez ! Nous allons voir si Mr Black est encore là-haut. Dans le hall, se trouve un téléphone interne, sous le vieux comptoir. »

Il composa le numéro, laissa sonner, mais personne ne décrocha.

L'intendant eut un haussement d'épaules.

« Personne n'est là ! Il vous faudra essayer de nouveau demain. Je vous raccompagne et je verrouillerai la porte. J'aimerais bien savoir qui l'a laissée ouverte. Peut-être que des types de la BBC travaillent encore dans les bureaux ? »

« N'avez-vous pas d'électricité, en ce moment ? Je suis surpris que vous utilisiez votre lampe de poche, Mr Clemm. »

Le vieil homme secoua la tête, l'air songeur.

« C'est étrange ! Il y a une heure, les lumières de tout l'hôtel se sont soudain éteintes. Je pense qu'il s'agit encore d'un problème lié à la ville. Nous avons connu d'autres pannes de courant. Par chance, les téléphones, eux, fonctionnent quand même. J'irai plus tard à la cave vérifier. »

L'intendant s'interrompit brusquement.

« Mr Beanstock, la plupart du temps, je suis tout seul dans cet immense bâtiment. Que diriez-vous d'un bon petit verre, pour clore cette journée de travail ? »

Beanstock aurait préféré prendre congé et se pencher sur ses notices. Il sentait confusément que quelque chose lui échappait. Quelque part, dans un recoin de son palais de

192

mémoire, il avait enfoui une information, susceptible de l'aider. Mais il avait beau fouiller au plus profond de sa mémoire, il ne trouvait rien.

Mais *Noël* approchait à grands pas. Pourquoi devrait-il refuser cette faveur au vieil homme. Il sourit à l'intendant et accepta son offre. Qui sait ? Peut-être apprendrait-il quelques anecdotes intéressantes au sujet du *Langham* ? Mr Clemm verrouilla la porte principale, puis la lampe torche à la main, il passa devant Beanstock.

« Venez ! Je vais vous montrer quelque chose de magique. »

Ils allèrent jusqu'à l'un des escaliers et gravirent prudemment les marches de pierre, prenant garde à ne pas trébucher dans l'obscurité d'un noir d'encre.

L'intendant apprit au majordome qu'il y avait bien longtemps de cela, les cuisines et les pâtisseries se situaient dans la mezzanine. Mr Clemm évoqua avec un enthousiasme débordant les délicieux chefs-d'œuvre que les pâtissiers avaient alors réalisés, avant que n'éclate l'effroyable guerre. Un nombre impressionnants de génies domestiques étaient sans cesse à l'œuvre. Combien de dessertes, sur lesquels d'immenses et magnifiques pièces montées se dressaient, avaient été poussées dans ces corridors ?

Ils atteignirent le premier étage.

Mr Clemm poussa doucement une grande porte à double battant et ce que Beanstock vit lui coupa le souffle.

Une mélodie aux lèvres, Gonzalès circulait dans les rues de Londres, par cette soirée. Des paquets, enveloppés dans de beaux papiers bariolés, étaient empilés sur la banquette arrière de la Bentley. Avant qu'ils ne quittent Parsley

Manor, les génies domestiques de la maison lui avaient remis une longue liste de leurs commandes. Ils caressaient l'espoir que les deux messieurs réussissent tout de même à être de retour pour la fête de *Noël.*

À l'insu du majordome, Mrs Argyle avait chuchoté quelques mots à l'oreille de Gonzalès. S'ils ne parvenaient pas à être là pour Noël, alors on attendrait quelques jours, afin de fêter tous ensemble.

Mais Beanstock ne devait se douter de rien. S'il l'apprenait, il refuserait catégoriquement, en soulignant que le jour de Noël ne pouvait être célébré qu'à cette date. Ce jour figurait sur le calendrier et il était impensable d'en changer la date.

Gonzalès avait promis d'appeler Mrs Argyle, avant le voyage de retour.

Londres était une ville superbe, malgré les nombreuses meurtrissures de la guerre. Et pourtant, Manor Parsley était Manor Parsley et il avait hâte d'y retourner.

Gonzalès eut une pensée pour l'Espagne, son pays natal. Il ne se rappelait pas vraiment comment la période de Noël se déroulait, alors. Ses parents, simples paysans, trimaient pour le propriétaire terrien, qui les employait. Les souvenirs s'estompaient peu à peu, au fil des années qui s'écoulaient.

Cependant, il gardait le souvenir d'un Noël particulier. Le petit Gonzalès avait désiré si ardemment recevoir ce cadeau dont il rêvait tant : une petite voiture rouge, étincelante, avec des roues noires et un volant, que l'on pouvait tourner, exactement comme celle du fils du Seigneur. Ses parents avaient probablement mis de côté chaque sou, pour la lui offrir. Et enfin, ce cadeau était là, devant lui. Sa mère avait eu les larmes aux yeux, en voyant

194

le gamin, débordant de joie.

Cela faisait des lustres qu'il n'était plus retourné dans ce petit village. Avant même que la guerre n'éclate, les aléas de la vie l'avaient amené en Angleterre.

Dès l'arrivée de Franco à la tête du pays, Gonzalès avait quitté son pays natal. Les années précédant son départ, il avait aménagé un petit garage, dans lequel il réparait des automobiles.

Ce mois de septembre de 1936, tout ce qu'il avait bâti de ses propres mains était parti en fumée. Il avait rejoint les opposants au dictateur et était tombé dans le collimateur de la police militaire. Devant les débris fumants de son garage, réduit en cendres, il avait cru que c'en était fini de sa vie.

Il n'avait plus de famille. Face à la répression et à la terreur, ses amis avaient fui le pays et étaient maintenant dispersés aux quatre coins du monde ou ils avaient rejoint le mouvement de résistance et vivaient dans la clandestinité. Il s'était réfugié à Londres et s'était maintenu au-dessus de l'eau, en travaillant comme chauffeur de taxi et la guerre était venue jusqu'en Angleterre.

En 1940, il avait rejoint le Long Range Desert Groop en Afrique du Nord. Cette unité avait une mission d'observation des activités de l'ennemi et elle était également spécialisée dans la reconnaissance des voies de ravitaillement. Elle avait installé sa première base à l'oasis de Siwa, dans le désert égyptien.

À ce souvenir, un sourire se dessina sur le visage de Gonzalès. La flotte des véhicules avait été immédiatement placée sous sa responsabilité. Cette fonction était loin d'être insignifiante. Les voitures et les camions craignaient l'agression du sable, qui s'infiltrait partout. C'était un véritable défi ! Cette mer de sable se révélait redoutable, rendant son travail particulièrement éprouvant et sans fin ! En ce temps-là, Il conduisait une jeep, qui ne l'avait jamais laissé tomber. Mais le jour vint, où elle arriva en fin de vie et il n'eut d'autre choix que d'abandonner Willy dans le sable du Sahara. Pauvre Willy ! C'est ainsi que Gonzalès avait surnommé sa voiture, car c'était une jeep de type Willy MB.

C'est à cette époque qu'il avait fait connaissance de Sir Percival. Il avait souvent eu l'occasion de le conduire à divers endroits et plus d'une fois, il l'avait sorti d'une mauvaise posture.

Après la guerre, Sir Percival se souvint de son excellent chauffeur et lui proposa ce poste à Parsley Manor. Gonzalès était heureux et il avait enfin une famille, lui qui n'en avait plus.

La Bentley emprunta la Baker Street.

Il arrêta la voiture au bord de la chaussée, prit les paquets et grimpa les marches jusqu'à la maison étroite. À ce moment précis, la porte s'ouvrit brusquement et Lucinda se jeta, en larmes, dans ses bras. Les paquets lui échappèrent des mains et se dispersèrent partout sur le perron.

« Hola, mi pequeña ! Qu'est-ce qu'il se passe ? »

« Ma mamie ! Ma pauvre mamie ! Je crois qu'elle ne va pas bien et je ne sais pas ce que je dois faire ! »

Ils ramassèrent rapidement les paquets, puis la fillette prit la main du chauffeur et le tira à l'intérieur de la maison.

« Où est donc ta mamie ? »

« Elle est allongée, dans le salon ! »

Lucinda ne tenait pas en place et sautillait, affolée, autour du chauffeur.

Le chauffeur aurait tout aussi bien pu ne pas poser la

question. Il entendait la toux sifflante et la respiration difficile de la vieille dame. Mrs Parish était allongée sur le canapé, le visage blême et le front recouvert de sueur. Lucinda avait essayé de lui faire un thé, mais elle ne voulait pas boire.

Gonzalès posa la main sur le front de la malade.

« Euh ! » marmonna-t-il.

Le regard de Lucinda se posa sur sa grand-mère, puis sur Gonzalès.

« Qu'est-ce qu'elle a ? Il y a longtemps qu'elle ne toussait pas comme ça. C'est grave, Mr Gonzalès ? Est-ce que vous pouvez l'aider ? »

« Euh ! » marmonna-t-il de nouveau. « Il faut faire venir un docteur. Elle a beaucoup de fièvre. Tu sais, où on peut trouver un médecin pas trop loin de la Baker Street, ma petite ? Et Mr Beanstock, où est-ce qu'il s'est encore fourré, maintenant qu'on a besoin de lui ? »

Gonzalès feuilleta l'annuaire et dénicha un médecin, tout près. Malheureusement, quand il appela le cabinet, il apprit que le Dr. Simmons était dentiste. On lui conseilla de se rendre à l'hôpital le plus proche.

Donc, ils vêtirent tant bien que mal Mrs Parish de son manteau, lui posèrent son chapeau sur la tête – car Mr Parish ne quittait jamais la maison, sans chapeau – comme Lucinda lui expliqua, en levant son index.

Ils installèrent la pauvre dame, qui poussait des râles de douleur, dans la Bentley. Gonzalès. Il prit la clé, posée sur l'étagère, verrouilla la maison étroite, puis monta dans la voiture, où Lucinda et sa grand-mère l'attendaient. Mrs Parish protestait haut et fort qu'elle ne voulait pas aller à l'hôpital ; s'ensuivit une quinte de cette toux sifflante et des pleurs. Gonzalès n'en démordit pas et il mit le moteur en marche. Il fila à toute vitesse le long de la Baker Street. Heureusement, un hôpital se trouvait non loin, dans la Westmoreland Street.

En une poignée de minutes, ils arrivèrent à l'hôpital.

Dans un crissement de pneus, la voiture s'immobilisa devant l'entrée. Gonzalès soutenait Mrs Parish, tandis que Lucinda tenait la main de sa mamie, en sanglotant. Avant qu'une infirmière ne prît la relève, Mrs Parish se tourna vers Gonzalès, pour lui glisser quelques mots à l'oreille.

« Ne vous inquiétez pas, Señora Parish. Je m'occupe de Lucinda, je vous le promets. »

La vieille dame fut allongée sur un brancard, que l'infirmière poussa et elle disparut derrière des portes battantes. Lucinda se cramponnait à Gonzalès. Il la prit dans ses bras et se dirigea vers un banc.

« Et maintenant, on va attendre le docteur. Je suis certain qu'ils vont bien s'occuper de ta mamie. N'aie pas peur. Tout va bien se passer. »

Une voix intérieure lui soufflait tout autre chose. Cela faisait déjà plusieurs jours que Mrs Parish avait cette terrible toux. Il l'avait entendue, chaque fois, lorsqu'en plein milieu de la nuit, elle se levait et quittait sa chambre, pour ne pas réveiller la fillette et qu'elle descendait au rez-de-chaussée. Qu'adviendrait-il de la gosse, si la grand-mère venait à disparaître ? Elles étaient seules au monde. Gonzalès passa un bras autour des épaules de la fillette, dont les sanglots secouaient tout le corps et lui caressa doucement les cheveux, en un geste de réconfort.

Ils étaient encore là, suspendus au plafond. À la lueur de la lampe torche, le cristal des lustres étincelait de mille feux. On eût dit des myriades d'étoiles !

La grande salle de bal !

Elle était là, devant lui et Beanstock avait presque l'impression d'entendre la musique monter entre les imposants piliers de marbre. On avait rassemblé toutes les tables dans un coin de la pièce et elles étaient recouvertes d'un drap blanc et attendaient d'être transportées et quitter définitivement ce lieu. Une grande partie du mobilier n'était plus là, avait ajouté l'intendant, le cœur serré et mélancolique. La BBC ne souhaitait pas s'encombrer et vendait, aussitôt qu'elle trouvait preneur.

« Saviez-vous que l'hôtel abritait pas moins de trente pianos droits et de pianos à queue, Mr Beanstock ? Oui, exactement ! Ce n'était pas simplement un hôtel, c'était comme un petit royaume ! »

Mr Clemm fit signe à Beanstock de le suivre.

Il découvrit le bar, où des cocktails savoureux, aux joyeuses couleurs, étaient mixés pour les dames et des boissons alcoolisées, plus fortes, étaient préparées pour les gentlemen. Mr Clemm passa derrière le comptoir du bar. Il posa sa lampe et une clé. Le faisceau de la lampe torche était braqué vers le ciel et le décor, ainsi éclairé, semblait plus fantomatique encore. Il se courba et après un court instant, il tenait deux verres dans les mains. Peu après, Beanstock entendit le bruit typique d'un verrou que l'on force et comme par enchantement Clemm fit apparaître une bouteille.

« Voici un très bon whisky, Mr Beanstock. C'est un cadeau du patron, du patron actuel. Qui peut dire, qui fera bientôt la pluie et le beau temps, ici ? Je laisse la bouteille là. J'aime bien venir, de temps en temps, ici, contempler cette vieille salle, quand personne n'est plus là ; j'ai l'impression alors que les aiguilles du temps se sont arrêtées, à cette époque fabuleuse, ces temps meilleurs. »

« Étiez-vous déjà à l'époque intendant de l'hôtel, Mr Clemm ? »

Les deux messieurs trinquèrent.

« Mais, non ! Vous plaisantez ? J'étais réceptionniste dans le lobby. »

Une note de fierté vibrait dans sa voix. On sentait combien il regrettait cette époque.

« Tout au long de ces années, avant que n'éclate la guerre, vous devez avoir vécu des moments forts. »

Beanstock espérait que Mr Clemm lui livre de nouvelles informations, susceptibles de l'aider.

« Oui ! On peut le dire. L'hôtel était phénoménal. Il y avait ici les trucs les plus incroyables. »

Il évoqua avec force détails les suites luxueuses, les immenses piscines, les salons majestueux et les dining-rooms raffinés. Il décrivit les bals inoubliables et les somptueux mariages, qui avaient eu lieu ici, le faste déployé. Il mentionna les désirs excentriques de certains des invités, comme ce cheik, venu d'Arabie lointaine, accompagné de la moitié de son harem et qui souhaitait des mets bien précis.

« Oui ! C'était une époque dingue. » Le vieil intendant secoua la tête, le regard absent.

« Alors, vous avez aussi vécu des épisodes moins réjouissants, non ? » Beanstock tenta une nouvelle fois sa chance.

« Oui ! Il y en a eu aussi ! Je me rappelle encore exactement, comme si c'était hier, un truc précis. En ce temps-là, l'ancien Mr Black occupait le bureau, dans la tour. Il était question d'une femme de chambre. Elle s'était plainte au sujet d'un client, un diplomate russe, qui s'était

200

permis des privautés et avait eu un comportement immoral à son égard. C'est une histoire pas jolie-jolie ! Il a fallu que j'aie un entretien avec ce monsieur et j'ai conclu qu'il ne s'était rien passé et que la jeune fille avait réagi de façon excessive. Cela a été une faute gravissime de ma part. »

Mr Clemm baissa la tête, d'un air coupable et se versa une rasade généreuse du whisky doré.

« Que s'était-il passé ? » demanda Beanstock.

« Je croyais que puisque le diplomate allait quitter l'hôtel le lendemain, l'histoire se tasserait et j'ai recommandé à la femme de chambre… – elle se prénommait Annabelle ! Oui ! C'est bien ça ! – elle était jolie comme un cœur. Donc, je lui ai conseillé d'évoquer la chose à Mr Black. C'est ce qu'elle a fait. Mais, lui aussi, l'a tout simplement rassurée et il n'a rien entrepris. C'était terrible. »

Les yeux de l'homme se remplirent de larmes.

« Elle a sauté par la fenêtre de cette même suite, dans laquelle s'était produite son agression. Elle ne savait plus vers qui se tourner, ni quoi faire. Nous sommes responsables de son geste désespéré, Mr Beanstock. »

Beanstock était bouleversé. Il sentait combien Mr Clemm était dévasté par le remords. Il lui servit du whisky.

« Mais vous n'êtes pas du tout responsable ! Pourquoi Annabelle ne s'est-elle donc pas confiée à sa famille ? Parfois, s'ouvrir à quelqu'un, cela peut aider. Ou l'a-t-elle fait, peut-être ? »

« Elle n'avait aucune famille. Elle n'avait que son fiancé. »

« Son fiancé ? Qui était-ce ? Il travaillait ici, lui aussi ? »

« Laissez-moi le temps de réfléchir ! Oui, c'était le cas.

201

Il était serveur dans la salle de bal. Je le sais, parce que je les ai surpris une fois, alors qu'ils dansaient dans la salle de bal. Naturellement, cela était inacceptable. Le personnel ne peut pas tout simplement danser dans la salle de bal. Je leur ai donné un avertissement et je n'ai pas signalé cet incident. Ils étaient encore si jeunes. D'un côté, je pouvais les comprendre. Je pense qu'ils ont été reconnaissants de mon indulgence. Cette histoire avec le diplomate est arrivée, environ six mois après. »

« Mais était-ce réellement le motif de son suicide ? Je ne comprends pas. Vous ne pensez pas qu'il puisse y avoir une autre raison ? »

Mr Clemm haussa les épaules.

« J'ai parlé à l'ancien Mr Black. Un bon gars ! Un brave homme, très instruit et toujours élégant. Il a certainement été majordome, dans le passé. Sans vouloir vous offenser, Mr Beanstock. »

Beanstock fit un signe de la tête et sourit.

« Par-contre, il pouvait parfois se montrer pointilleux et têtu comme une mule. Notre Mr Black actuel est d'une autre trempe, pas vrai? Gentil, un type haut en couleurs, un peu farfelu, avec ses accoutrements bariolés, mais toujours serviable. Et j'ai été très content, quand il a engagé Priscilla Pruster comme secrétaire. Elle était complètement abattue, quand l'ancien Mr Black est subitement mort et en plus, de façon atroce. »

Beanstock fut frappé de stupeur.

Il se souvint tout à coup d'un détail qu'il avait déjà entendu aujourd'hui. Du haut de la fenêtre, la voix lui avait lancé: *Le type haut en couleurs n'est pas là!* en désignant Mr Laurentius. Mr Laurentius était Mr Black!

« De quoi est mort l'ancien Mr Black? »

202

Mr Clemm réfléchit un instant et cherchait les mots exacts.

« Cela faisait déjà un bout de temps qu'il était malade : il était pris de vertiges et un tas d'autres trucs désagréables. C'était une nuit d'hiver et son poêle à gaz ne fonctionnait pas correctement. Il était en train d'allumer un feu dans la cheminée, il a sans doute eu un malaise et est tombé dans les flammes. Cela n'a pas dû être beau à voir. Le lendemain, sa femme de ménage l'a découvert au petit matin et elle a ameuté tout le voisinage avec ses cris d'effroi. »

Un terrible soupçon s'insinua dans l'esprit de Beanstock. Une seule personne était au courant de toutes ces choses. Mais pourquoi passer à l'acte après tant d'années et quel était le véritable motif ? Il ne trouvait encore aucune explication plausible.

Ils entendirent un petit bruit, une sorte de froissement, derrière eux et ils échangèrent un regard. Mr Clemm se saisit de sa lampe torche et la fit danser sur toute la pièce. Cependant, ils ne virent rien de suspect.

« Ces sacrées souris ! » jura-t-il.

Soudain, comme par enchantement, la lumière se fit. Ébloui par cette luminosité inattendue, Beanstock plissa les yeux. Et là, ils entendirent autre chose. Une douce mélodie, s'éleva. Elle semblait venir du couloir et se frayer un passage entre les portes battantes ouvertes, pour emplir l'air de toute la salle. On eût dit un disque.

Ce n'est qu'une lune de papier, Beanstock reconnut instantanément cet air de musique.

Les pas du médecin, qui approchait, résonnèrent bruyamment, tels des coups de timbale, dans le couloir désert de l'hôpital. Lucinda poussa gémissement et s'agrippa fermement à Gonzalès. Il était tard, à présent, certainement au-delà de minuit.

Le médecin s'assit près de la fillette et tenta de la rassurer, de sa voix posée et confiante.

« En ce moment, ta mamie va un peu mieux. Sa fièvre est encore très élevée. Nous allons devoir la garder. Tu pourras lui rendre visite demain et on reparlera une nouvelle fois. »

« Qu'est-ce qu'elle a, ma mamie ? C'est sa toux ? »

Le médecin jeta un regard nerveux à Gonzalès.

« Depuis combien de temps a-t-elle cette toux ? »

« Je ne sais pas exactement, mais depuis quelques semaines, en tout cas. »

« Vous avez certainement entendu que le six décembre, nous avons eu trois jours des conditions météorologiques catastrophiques, avec un épais brouillard, comme jamais. À cause de cela, beaucoup de personnes ont été très malades. Je crois que c'est là que tout a commencé pour ta grand-mère. Elle aurait dû aller consulter un médecin bien avant. Mais je suis sûr que tout va s'arranger. » s'empressa-t-il d'ajouter, en voyant le visage crispé de douleur de la fillette.

« Et maintenant, tu vas rentrer à la maison. Tu vas dormir, sans t'inquiéter. Qui est là, pour s'occuper de toi ? Êtes-vous un parent de cette enfant ? » demanda-t-il en s'adressant à Gonzalès.

Lucinda jeta un regard suppliant à ce dernier et formula sur ses lèvres une prière muette.

Gonzalès se racla la gorge.

« Oui, en quelque sorte. J'habite en ce moment chez la grand-mère de Lucinda et il y a aussi l'oncle Beanstock. La petite est entre de bonnes mains. »

« L'oncle Beanstock ? Voilà un nom bien étrange pour un oncle, non ? »

Lucinda intervint immédiatement et déclara : « Bien sûr, mon oncle Beanstock ! Il n'y a que moi, qui aie le droit de l'appeler ainsi. Je ne sais pas non plus… Je l'appelais déjà comme ça, quand j'étais petite. »

Le médecin parut satisfait de cette explication et prit congé d'eux.

Lucinda poussa un soupir de soulagement. Elle se serra tout contre le chauffeur et le remercia à voix basse.

« Sinon, ils me vont me placer dans un orphelinat ou alors, ils vont faire venir une nounou… Je sais pas ce qui est pire des deux !!! »

Après quoi, elle bâilla à mâchoire décrochée et se lova plus étroitement encore contre Gonzalès. Avec douceur, il la prit dans ses bras, la porta jusqu'à la voiture doucement et s'en retourna avec elle dans la Baker Street. Dans son rétroviseur, il contemplait la fillette, qui dormait à poings fermés sur la banquette arrière de la Bentley et il s'efforça de chasser cette pensée douloureuse : Lucinda devrait fort probablement aller dans un orphelinat. Mais pas aujourd'hui, promit-il en son for intérieur.

Quand ils arrivèrent à la maison dans Baker Street, ils la trouvèrent encore plongée dans ce même sommeil silencieux que lorsqu'ils l'avaient quittée.

« Mais où êtes-vous donc, Mr Beanstock ? » murmura Gonzalès.

Il s'inquiétait au sujet du majordome. Mais que pouvait-il faire ? Il ne pouvait pas se lancer à sa recherche et laisser Lucinda, seule !

Avec minutie, Mr Clemm reboucha la bouteille de whisky et la remit à sa place, sous le comptoir. Il s'empara ensuite de sa lampe de poche et l'éteignit.

« Allons voir maintenant qui joue en plein milieu de la nuit. » glissa-t-il à voix basse à l'oreille de Beanstock.

Ensemble, ils se dirigèrent vers la porte et scrutèrent dans le couloir, au fond. Ils ne remarquèrent rien de suspect. Mais la musique sembla être plus forte et émaner de la cage d'escalier. Ils levèrent les yeux et tendirent l'oreille, dans toutes les directions, attentifs.

« Elle vient, en tous les cas, d'un des derniers étages, Mr Beanstock, d'un des bureaux. Peut-être qu'un groupe de types de la BBC a de nouveau une fête de *Noël*. C'est quand même bizarre, on m'avait pourtant dit que tous les employés étaient déjà partis. »

Beanstock avait un mauvais pressentiment et le fait que, précisément cet air-là jouât à ce moment précis, lui soufflait qu'il avait négligé un détail. Tout à coup, les paroles du vieux pasteur de St. Barnabys of the Fields lui revinrent en mémoire.

Pendant toutes mes années d'exercice, j'ai recueilli dans mon isoloir les confessions de mes paroissiens et croyez-moi, ce sont les dames, qui m'ont fait parfois des révélations macabres. Des histoires à vous faire dresser les cheveux sur la tête, mon brave Beanstock! Tels avaient été ses mots exacts.

Cette découverte lui fit l'effet d'un véritable coup de massue. Il aurait volontiers prononcé cette célèbre phrase : *Je vous demande de bien vouloir rassembler dans le salon toutes les personnes, ayant à voir de près ou de loin avec ce délit. Je souhaite lever maintenant le voile sur cette énigme.*

« Mr Clemm, nous devons à tout prix en avoir le cœur net. Je crains que Mr Black ne soit en mauvaise posture. » dit-il à voix basse.

« Mais… il n'est même pas là ! Nous avons appelé le bureau, là-haut et personne n'a décroché, non ? »

« Je vais monter et je vous demande, Mr Clemm, d'appeler la police. » De la poche de son veston, Beanstock sortit une carte, avec les coordonnées de l'inspecteur Morris.

« Insistez pour parler personnellement à l'inspecteur Morris et priez-le de venir ici, sans perdre une minute. Le mieux serait qu'il vienne avec des renforts. Dites-lui que je sais maintenant qui est responsable de ces suicides. Ah ! Et Mr Clemm, il vaut mieux que nous n'utilisions pas l'ascenseur. »

L'intendant ouvrit des yeux grands comme des soucoupes. Mr Clemm fixa Beanstock, en ouvrant des yeux grands comme des soucoupes, puis il hocha la tête et se dirigea vers les escaliers, pour passer le coup de fil du lobby, au rez-de-chaussée. Beanstock, quant à lui, grimpa avec une lenteur calculée les marches, dans la pénombre. Il suivait le son de la musique, qui s'amplifiait, au fur et à mesure qu'il avançait.

Gonzalès était inquiet, très inquiet.

Le majordome n'était toujours pas de retour et il était déjà une heure du matin. Lucinda dormait comme un loir, dans sa chambre. Que pouvait-il faire? Il ne pouvait pas rester ainsi : il devait agir.

Lucinda lui avait confié que, lorsque Mrs Parish s'absentait, une gentille voisine, une vieille fille, venait ici, pour veiller à la fillette. Gonzalès sortit sur le trottoir et réfléchit. Quel nom avait-elle mentionné ? Comment s'appelait cette dame déjà? Cela lui revint! Il s'était dit, en l'entendant, que c'était un drôle de nom. Miss Petticoat, voilà son nom. Il regarda la sonnette, contre la porte à sa gauche. Rien! À pas rapides, il se dirigea vers la porte à sa droite et là, il lut le nom de cette dame.

Qu'allait penser la vieille dame? Elle prendrait certainement peur, qu'un parfait inconnu frappât à sa porte, en plein milieu de la nuit? Mais il n'avait guère le choix. Il sonna. Presqu'aussitôt, une lumière s'alluma dans le couloir. Gonzalès essayait de regarder à travers la vitre de la porte. Il pouvait entendre des pas que l'on traînait péniblement sur le sol, accompagnés d'un trottinement de petites pattes.

« Qui est là, à une heure pareille ? » entendit-il une voix apeurée demander de l'autre côté de la porte. Si vous ne partez pas immédiatement, sachez que je vais lâcher mon chien sur vous et croyez-moi, il n'attend que ça, pas vrai Brutus ? »

Gonzalès eut soudain l'impression que le col de sa chemise était devenu trop étroit.

« Señora Petticoat, excusez-moi ! Je suis Señor Gonzalès, de la maison voisine. J'habite en ce moment chez Mrs Parish et Lucinda, sa petite-fille. Nous avons dû emmener Mrs Parish à l'hôpital et maintenant, j'ai un problème : je dois m'absenter pour une urgence et bien sûr, je ne veux pas laisser la petite toute seule… et alors j'ai pensé… »

Alors que le chauffeur parlait, la porte s'était à peine entrouverte, mais la petite chaine de sécurité était toujours tendue. Des yeux emplis de crainte examinèrent dans le moindre détail le bel hidalgo. Plus bas, dans l'entrebâillement de la porte, une paire d'eux féroces luisaient et Gonzalès ne put ignorer le grognement hargneux. Puis, la porte se referma un court instant. Il entendit Miss Petticoat ôter l'épaisse chaine de sécurité et la porte s'ouvrit à la volée. Par pur instinct de conservation, il fit un bond en arrière sur le trottoir. Qui pouvait savoir ce dont ce monstre sanguinaire était capable ?

Un sourire éclaira le visage de Miss Petticoat et elle se baissa vers un chien minuscule. C'était vraiment un chien ? Sa maîtresse rassura le nabot, qui, la tête levée vers elle, la regardait, en frétillant de la queue. Gonzalès poussa un soupir de soulagement.

« Ah, oui ! Je vous ai vu à de multiples reprises entrer ou sortir de chez Mrs Parish ! » fit-elle remarquer, avec un sourire. C'était une toute petite dame, avec un chignon gris, bizarrement perché au sommet de son crâne; et ce petit renflement oscillait à chacun de ses mouvements, comme animé d'une vie propre, se penchant dangereusement tantôt à droite, tantôt à gauche. Elle avait drapé ses épaules d'un plaid au crochet, joyeusement bigarré.

Elle lui promit d'être dans quelques minutes dans la maison de sa voisine et exprima sa profonde tristesse au sujet de Mrs Parish, avec qui elle était très amie.

Gonzalès retourna dans la pension étroite et endossa son manteau. Puis, il attendit devant le perron de la porte.

Lorsqu'elle apparut, son ouvrage à la main et son chien riquiqui, Miss Petticoat s'était habillée. Elle lui assura qu'elle resterait avec la fillette aussi longtemps que nécessaire.

Gonzalès était enfin assis derrière le volant de la voiture et filait, comme si le diable était à ses trousses, en direction de l'hôtel *Langham*. Arrivé là, il gara la Bentley et

209

remarqua que l'hôtel était illuminé. Même le lobby était éclairé. Gonzalès tenta sa chance, en se rendant à la porte à l'arrière du bâtiment. Elle était verrouillée.

Il rebroussa chemin et essaya d'ouvrir la porte principale, mais il ne put l'ouvrir non plus. Il colla visage à une des vitres du hall et ce qu'il vit alors lui glaça le sang. Un corps gisait au sol.

Il ne pouvait voir qu'une partie des jambes, qui dépassaient de derrière un fauteuil, renversé sur le sol. Était-ce peut-être Mr Beanstock ? Que devait-il faire ? Il devait à tout prix le rejoindre.

Résolu, il courut vers la voiture et sortit un cric du coffre. Puis, armé de son cric, il donna un grand coup sur un panneau de la porte vitrée. Le fracas fut assourdissant, lorsque la vitre vola en éclats, mais il ne pouvait pas en tenir compte. Il enjamba le chambranle. Les bris de verre jonchaient le sol et crissaient sous ses pas. Il se précipita vers le corps, étendu sur le sol.

Ce n'était pas Mr Beanstock. Un vieux monsieur, qui lui était inconnu, gisait là. Du sang coulait d'une blessure sur son crâne et près de lui, se trouvait un combiné de téléphone aux fils arrachés. Gonzalès saisit le poignet de l'homme et tenta de sentir le pouls. L'homme vivait encore. Il le redressa, puis adossa le blessé contre le fauteuil. Le vieillard fit entendre des gémissements plaintifs. Puis, il ouvrit les yeux. Le vieil homme ouvrit les yeux et il n'aurait pas été mécontent de continuer son petit somme.

« Oh! Mon pauvre crâne! Comme il me fait mal! » La tête entre les mains, il gémissait de douleur. Il enregistra alors la présence de Gonzalès et tout au fond, la vitre brisée de la porte.

« Et vous, qui êtes-vous? Qu'est-ce que vous avez fait

de ma porte? Oh! Le propriétaire... Le cœur va lui saigner, quand il va voir la facture! Et d'abord, pourquoi est-ce que vous m'avez frappé? »

Gonzalès prit un drap de l'un des meubles et en recouvrit le blessé, quand il remarqua que le vieil homme frissonnait de tout son corps.

« Je ne vous ai rien fait, Señor. Mon nom est Gonzalès, je suis le chauffeur de Mr Beanstock et quand je suis entré, je vous ai trouvé comme ça. Et comme la porte était fermée à clé, il a bien fallu que je fasse quelque chose, pour m'introduire. »

Le vieillard approcha le téléphone endommagé de son visage.

« Je devais appeler la police. Mr Beanstock disait qu'il avait découvert un meurtrier, ou un truc de ce genre. Je me suis saisi du combiné et j'ai composé le numéro, écrit sur la carte et après je ne me souviens de rien : tout est devenu noir autour de moi. »

« Où est Mr Beanstock ? Je dois à tout prix le retrouver ! »

« Il voulait monter. Il suivait cette drôle de mélodie, qu'on a entendue tout à coup, quand on était dans la salle de bal. Qu'est-ce qu'on fait, maintenant ? »

« Vous pensez que vous pouvez vous mettre debout ? » demanda Gonzalès, tout en l'aidant à se redresser. Il se leva, en titubant. « Où est-ce que se trouve le plus proche téléphone, qui fonctionne, dans le bâtiment, señor ? »

« Clemm ! Mon nom est Clemm et je suis l'intendant de tout l'hôtel. Il faut que je monte au deuxième étage, dans un des bureaux. Là, il y a encore des téléphones ; par-contre, à cette heure, les bureaux sont fermés, c'est sûr. Je dois d'abord prendre mon passe-partout, qui se trouve

211

dans mon bureau, dans la cave. »

Gonzalès lui demanda de lui expliquer où était exactement son bureau et il descendit à toute vitesse à la cave. Comme un écriteau figurait sur chaque porte, il le trouva rapidement. Le passe-partout serré dans son poing, il se hâta vers le hall, attrapa l'intendant et le traîna jusqu'à l'ascenseur.

« On doit monter au deuxième étage, Mr Beanstock y est allé par les escaliers. Il ne voulait pas éveiller inutilement l'attention avec le ronflement de l'ascenseur, comme il m'a dit. »

Gonzalès se mit à réfléchir intensément.

« Alors, il vaudrait mieux qu'on ne le prenne pas non plus. »

Il passa ses bras robustes sous les aisselles du vieil homme et grimpa, tant bien que mal, les marches de l'escalier, avec son fardeau. Parvenus sur le palier, Mr Clemm lui désigna laquelle des portes, à leur droite, il devait ouvrir. Gonzalès le déposa sur une chaise devant le téléphone.

« Et maintenant, allez aider votre ami. Je vais me débrouiller tout seul. » lui recommanda Mr Clemm.

Gonzalès courut vers les escaliers et grimpa, deux à deux, les marches. Arrivé au troisième étage, il s'arrêta, troublé. Y avait-il une autre personne, ici ? Sans l'ombre d'un doute, il vit une silhouette nébuleuse, aux contours flous, pousser une desserte. Et lorsqu'il s'approcha, elle s'évanouit en un clin d'œil. Il eut la chair de poule.

« Maldito, je dois déguerpir le plus vite possible. » murmura-t-il. Puis, il continua son ascension.

La musique était de plus en plus forte et Beanstock savait que le meurtrier était tout proche. Il devait se montrer particulièrement prudent.

Il eut l'impression que l'ascenseur montait : il entendait clairement le murmure du système hydraulique, tout près de lui. Il espérait que Mr Clemm n'avait pas changé d'avis et était monté avec l'ascenseur le rejoindre.

Quand il parvint au tout dernier étage, avant les marches menant à la tour, il se trouva soudain, devant un gramophone. Quelqu'un l'avait installé, au beau milieu du couloir et il jouait pour la énième fois le même air, *It's only a Papermoon.*

Prudemment, il se faufila entre l'appareil et le mur et gravit les marches jusqu'à la tour, qui abritait le sanctuaire de la corporation *Daisy Chain.* Arrivé devant la porte entrouverte, il entendit des bribes de conversation.

Il poussa doucement la porte et se trouva dans le bureau. Il vit alors la fenêtre complètement ouverte et une chaise, dont seuls deux pieds étaient posés sur le rebord de la fenêtre et l'autre moitié suspendue dans le vide. Mr Black, était assis sur cette chaise, ficelé et la bouche bâillonnée. Sa tête, était penchée au-dessus le vide et sa crinière blanche flottait dans le vent.

La silhouette, postée derrière lui, se retourna vers Beanstock et darda sur le majordome un regard triomphant.

« Non ! Je suis convaincu que vous n'avez pas réellement envie de le faire, Mrs Pruster. Détachez Mr Black et laissez-le partir. Il ne vous a rien fait de mal. »

Elle éclata d'un rire démentiel, brutal et sonore et poussa la chaise encore plus près de la fenêtre. Il suffisait qu'elle inclinât un tout petit peu la chaise et Mr Black basculerait dans le vide, le long de la paroi de la tour.

« Pourquoi est-ce que je ne devrais pas le faire, Mr

Beanstock ? Avez-vous enfin découvert de quoi il retourne ? »

« Et si vous me le racontiez, Mrs Pruster ? Cette jeune fille, qui s'est jetée par la fenêtre, était-ce votre fille ? »

Elle rit à nouveau très fort, de ce rire dément, absolument terrifiant.

Les yeux emplis de désespoir, Mr Black regardait le visage de Prissy.

« Donc, vous ne le savez toujours pas. Vous n'êtes pas ce brillant détective, ce fin limier, pour lequel Blacky vous tenait. »

« Au contraire, Mrs Pruster ! Je sais maintenant un tas de choses. Je me rendais bien compte qu'un détail n'avait pas retenu mon attention. La distraction, certainement. Vous étiez parfaitement au courant du contenu de chacun de ces dossiers. Vous vous êtes emparé des dossiers brûlants et m'avez laissé ceux qui étaient insignifiants.

« Vous saviez que le cuisinier ne se donnerait pas la mort. L'enveloppe laissée bien en vue sur la table m'a mis la puce à l'oreille. C'était un peu trop théâtral. En creusant un peu, le cas de la gouvernante du pasteur était trop simple et ne revêtait aucune importance. Pourquoi aurait-elle dû se donner la mort ? Et le secrétaire, nous n'aurions jamais eu la possibilité de le rencontrer, puisqu'il s'agit de Mr Black et il n'existe aucun méfait le concernant.

Vous vouliez tout simplement me tenir en haleine. Il n'y a jamais eu de cambriolage. Vous avez profité de l'absence de Mr Black pour subtiliser quelques dossiers, vous avez tout mis sens dessus dessous, afin de créer l'illusion que nous avions affaire à un voleur.

Vous possédiez, vous-même, la clé. Vous avez mis en scène cette série de suicides, car la jeune fille s'est donné,

214

autrefois, la mort, elle aussi. J'ai seulement une petite question : Pourquoi maintenant, après toutes ces années? »

Mrs Pruster ricana bruyamment. Sa voix était méconnaissable et ne ressemblait en rien à celle, douce et agréable de Mrs Prissy, cette adorable vieille dame. Beanstock ne put retenir un frisson.

« Je dois reconnaître que vous en savez pas mal, mon cher Beanstock ; mais vous êtes loin de connaître toute la vérité. La jeune fille s'est jetée par la fenêtre, c'est exact, mais c'était la fiancée de mon neveu, mon neveu adoré. Il était la seule personne qu'il me restait au monde, après la guerre. Lorsque cette tragédie se passa, je travaillais comme standardiste au *Langham*. Mon neveu était serveur et s'était fiancé à Annabelle, une femme de chambre. Ils aimaient tellement danser tous les deux et particulièrement sur cet air-là, que vous venez d'entendre. Puis arriva cet épisode terrible avec cet homme répugnant, ce diplomate de malheur. Elle tomba enceinte, chose que l'ancien Mr Black ignorait et il lui demanda tout simplement de quitter le *Langham*, afin d'éviter un scandale. Et pourtant, même cette tragédie n'a pas été le véritable déclic. Il y a un an de cela, mon neveu a mis fin à sa vie ; il s'est pendu. Il n'avait jamais pu surmonter le geste désespéré et la mort atroce de sa bien-aimée Annabelle. Et tout à coup, je me retrouve seule au monde et je veux que justice soit faite. C'est pour cette raison que je vais détruire à tout jamais *Daisy Chain*, cette organisation. La dernière pièce maîtresse de cet édifice est notre Blacky, que voici, le type haut en couleurs, comme ses voisins s'amusent à l'appeler. Après cette affaire, plus un seul domestique n'accordera sa confiance à *Daisy Chain*. Et ce sera la fin ! » clama-t-elle, triomphante.

« Vous avez aussi assassiné l'ancien Mr Black. Il fut

215

votre toute première victime, n'est-ce pas, Mrs Pruster ? »

« Il était le principal coupable. Il a la mort de la petite sur la conscience ! C'était simple comme bonjour. Presque trop simple ! Je lui ai donné un somnifère, puis je l'ai poussé dans les flammes de la cheminée. »

Beanstock avait avancé de quelques pas.

« Mais qu'en est-il des autres victimes ? Ils étaient innocents. Et Mrs Hortense Peachwood ? Elle n'avait fait que du bien tout au long de son existence ? »

Dans les yeux rougis de Mrs Pruster dansait maintenant une lueur dangereuse et féroce, lorsqu'elle toisa Beanstock.

« Innocente ? Elle a tout simplement accepté, sans protestation ni révolte, le crime abject d'une petite fille par son frère. Pire encore, elle l'a protégé ! En fait, sous des airs de commissaire-priseur si respectable et solide, cet homme avait poussé sa petite sœur dans un lac et il était resté là, à la regarder se débattre désespérément, puis être engloutie par les eaux ; il avait alors dix ans »

« Hortense voulait protéger la fille de cet homme. Et Bensonman, le majordome, qu'avait-il fait ? » S'efforçant de parler d'une voix calme et mesurée, Beanstock se rapprochait imperceptiblement.

« Ce majordome ? Il n'avait rien trouvé de mieux que de protéger une jeune fille, qui, par pure soif de vengeance, avait tué par balles l'homme, qui avait dédaigné son amour. Elle était la véritable responsable du *Happy Valley Mord* révolver. Et si vous avez l'intention de poser d'autres questions, la femme de chambre du député Tirell, comment pouvait-elle entretenir toutes ces années une relation amoureuse avec lui. Oh ! Comme je méprise les personnes aux mœurs dépravées.

Le jardinier était d'une autre envergure. Il décida de

mettre fin à ses jours, car le beau-père de sa fille avait collaboré avec les Allemands. Le scandale aurait brisé et ruiné la famille. Leur fortune repose sur un mensonge ! Une dernière chose, mon cher Beanstock, si vous aviez l'intention de vous interposer, sachez que Mr Clemm ne peut vous être d'aucun secours. À son réveil, au petit jour, il aura d'épouvantables maux de tête. Donc, pas la peine d'attendre la police : elle ne viendra pas ! Seuls, nous trois, sommes invités à cette ultime fête. »

Un court instant, Beanstock serra les poings. Il espérait que le vieillard allait bien. Mais avant de lui venir en aide, il devait d'abord essayer de sauver Mr Black. Beanstock fit encore quelques pas.

« À cause de votre amour, vous avez tué toutes ces personnes. »

Mrs Pruster partit de ce rire démentiel, effrayant et désagréablement aigu.

« Par amour pour mon neveu, je tue à mon tour. » Beanstock perçut un petit bruit. Quelqu'un se trouvait derrière lui, dans l'escalier.

Beanstock était sûr et certain que Mrs Pruster n'avait aucun complice. Qui cela pouvait-il être ? Mr Clemm, peut-être ?

D'un geste brusque et saccadé, Mrs Pruster se tourna vers la chaise, sur laquelle le pauvre Mr Black gémissait et commença à l'incliner. Elle n'aurait pas grand mal à la faire basculer dans le vide, puisque Mr Black était deux fois plus petit qu'elle.

Beanstock fit un bond en avant, en même temps que la personne, derrière lui. Il constata avec soulagement que c'était Gonzalès, jusque là tapi dans l'obscurité des escaliers, qui venait de surgir à point nommé. Comme une fois déjà dans le passé, ils unirent leurs forces, se précipitèrent vers la fenêtre et tirèrent de toutes leurs forces la chaise vers l'intérieur de la pièce. Mrs Pruster se débattait comme un beau diable. En-bas du bâtiment, on entendait les sirènes des véhicules de la police, qui arrivaient à toute allure. Des roues crissèrent.

L'espace d'un instant, l'attention de Mrs Pruster fut attirée par les sirènes rugissantes, et il n'en fallut pas plus à Gonzalès. D'un coup d'un seul, il parvint à propulser et la chaise et Mrs Pruster à l'intérieur du bureau. Beanstock essayait de tenir fermement les mains de Mrs Pruster, qui se débattait avec l'énergie du désespoir. Elle réussit, toutefois, à échapper à la poigne du majordome et elle chancela vers la fenêtre. Celle-ci était encore grande ouverte.

Emportée par son élan, elle ne put se retenir nulle part et bascula dans le néant de cette nuit d'hiver. Elle poussa un long cri, s'éloignant inexorablement du bureau de *Daisy Chain*. Elle ne remettrait plus jamais les pieds ici.

La respiration haletante, Beanstock et Gonzalès se regardaient, horrifiés. Ils ôtèrent ensuite le bâillon de la bouche de Mr Black et défirent ses liens.

Les trois hommes se penchèrent à la fenêtre grande ouverte et contemplèrent le corps sans vie, gisant sur le sol.

« Dites-moi, y aurait-il, par hasard, des fantômes dans cet hôtel ? » chuchota Gonzalès, s'adressant à ses deux compagnons.

Le pudding de Noël le plus fantastique du monde

L'inspecteur avait pris congé de Beanstock, d'une poignée de main particulièrement longue. Il était ravi : l'affaire était bouclée et il n'était rien arrivé de tragique aux intéressés et notamment à Beanstock. Mr Clemm s'en tirait plutôt bien et conservait seulement quelques bleus et une jolie bosse, en souvenir de sa mésaventure. Black promit à l'inspecteur de bien veiller sur l'intendant.

Daisy Chain avait déjoué cette intrigue. Certes, la guilde porterait quelques cicatrices, mais son existence n'était plus menacée et elle continuerait à se vouer à la cause du personnel domestique.

Quand les deux messieurs arrivèrent à la maison mince dans la Baker Street, ils étaient tous deux épuisés et abattus. Quelques timides rayons de soleil perçaient les nuages nocturnes. Cette journée d'hiver promettait d'être belle et ensoleillée.

Sur le chemin du retour, Gonzalès avait informé le majordome sur la situation dans la pension et raconté comment il s'était lancé à sa recherche.

À peine descendu de la voiture, Beanstock vit la porte s'ouvrir à toute volée et Lucinda débouler, comme une tornade. Elle se jeta contre lui, se cramponnant aux jambes du majordome, comme une naufragée à sa bouée. De grosses larmes roulaient sur ses joues. Sa petite frimousse était pâle et défaite.

« Vous n'allez pas m'abandonner et me laisser toute seule, hein, Mr Beanstock ? Vous allez rester avec moi. Vous n'allez pas les laisser m'emmener loin d'ici, hein ? »

Gonzalès, l'air désemparé, regarda le majordome. Miss Petticoat se tenait dans l'embrasure de la porte, son lilliputien à quatre pattes dans les bras et secouait tristement la tête, impuissante.

« Entrez, messieurs. Je nous prépare un thé. Vous m'avez l'air bien épuisés. »

Le silence enveloppait le salon. Ils étaient là, une tasse de thé fumant entre les mains, chacun plongé dans ses pensées.

Lucinda, résolument installée tout contre Beanstock, semblait ne pas vouloir le lâcher d'une semelle. Finalement, il se redressa.

« Je vais me rafraîchir un peu, puis nous irons ensemble à l'hôpital, tu es d'accord Luc ? »

La fillette hocha la tête et lui décocha un sourire.

« Miss Petticoat, nous tenons à vous remercier pour votre aide précieuse. Nous allons pouvoir nous débrouiller sans vous, maintenant. » lança-t-il à l'adresse de la dame menue de la maison voisine.

Elle se redressa à son tour et caressa tendrement la tête de la gamine, puis s'en alla avec Brutus, le molosse sanguinaire.

À peine eurent-ils poussé les portes battantes de l'hôpital, qu'ils furent assaillis par l'odeur de produits désinfectants. Effrayée, la gamine regardait tour à tour les murs recouverts d'une peinture blanche, les sols carrelés et astiqués, et les infirmières, dans leurs longues blouses blanches immaculées, qui passaient en coup de vent dans le couloir.

Beanstock sentit la fillette se blottir tout contre lui. Elle saisit Beanstock et Gonzalès par la main et leur jeta un regard implorant. Ses yeux disaient clairement : « Ne me laissez pas toute seule ! »

Ils demandèrent à une infirmière à qui s'adresser, pour apprendre où se trouvait la chambre de la grand-mère de Lucinda. Elle leur conseilla de se rendre au premier étage, où on pourrait les aider. Ils aperçurent le médecin de la veille. Gonzalès le reconnut immédiatement.

« Vous devez être le fameux oncle Beanstock, si je puis me permettre ? » demanda le docteur au majordome, avec un petit sourire.

Ce dernier s'éclaircit la voix, mal à l'aise. Son regard alla de Lucinda au chauffeur, qui haussaient les épaules, souriant jusqu'aux oreilles.

« Tout à fait ! Pourriez-vous me renseigner sur l'état de santé de Mrs Parish ? Va-t-elle mieux ? »

Le médecin leur indiqua un groupe de bancs non loin d'eux et leur demanda de prendre place.

« En fait, » commença-t-il prudemment, « Mrs Parish ne se porte pas mieux. Nous avons pu faire chuter sa température. Pour l'instant, nous lui administrons des médicaments à forte dose. Je crains qu'elle ne doive rester encore un bon bout de temps ici. Et lorsque son état se sera enfin stabilisé, elle devra aller dans une maison de repos à la campagne. Il est absolument nécessaire qu'elle quitte le brouillard londonien, pendant un certain temps. Voilà ! C'est la situation, telle qu'elle est à l'heure actuelle ! Qu'en est-il de la fillette ? Qui devons-nous informer ? »

Lucinda se mit à trembler de tous ses membres.

Pris de court, Gonzalès lança un regard interrogateur à

Beanstock, qui, à son tour, le regarda. Qu'allait faire le majordome ?

Gonzalès craignait que son extrême correction ne le poussât à agir à l'encontre des désirs de la petite fille. Et pourtant, il ne serait pas le premier à découvrir une facette insoupçonnée chez le majordome !

Et Gonzalès n'en crut pas ses oreilles, lorsqu'il entendit la phrase suivante : « Nous aimerions, au préalable, nous enquérir auprès de Mrs Parish sur ce qu'elle souhaite. »

Le visage du majordome trahissait qu'il ignorait lui-même la portée de ses paroles. Il n'avait pas vraiment réfléchi aux conséquences et réagi de façon purement instinctive, n'écoutant que son cœur. Son court séjour dans la pension avait suffi pour qu'il se prît réellement d'affection pour la fillette : il la portait maintenant dans son cœur. Il ne savait pas exactement comment l'enfant s'y était prise. Peut-être s'était-il souvenu de sa propre enfance ? Ses parents n'avaient pas eu une vie facile. Ils avaient une petite échoppe, un modeste primeur et devaient se contenter des maigres revenus de la vente de leurs fruits et légumes. Enfant, Beanstock passait souvent ses vacances d'été, chez une tante, à Londres.

Chacun de ses départs était immanquablement précédé d'une discussion enflammée avec sa mère. Il détestait cette tante, elle sentait la naphtaline et tricotait jour après jour quelque chose d'indéfinissable. Et chaque fois, le petit Beanstock était sorti perdant de ces prises de bec.

Il avait même proposé son aide précieuse dans le petit primeur… Cela ne l'avait pas aidé ! La voix du médecin le tira de sa rêverie et le ramena au présent.

« Formidable ! » annonça le docteur. « Alors, je dirais qu'il est grand temps de rendre visite à ta mamie, ma fille.

Mais ne reste pas trop longtemps, elle a grand besoin de repos. »

Il accompagna les trois visiteurs jusqu'à une porte à sa droite, ouvrit doucement et poussa Lucinda à l'intérieur. Ensuite, il se tourna de nouveau vers Beanstock.

« Tenez-moi au courant, si je dois entreprendre quoi que ce soit, au sujet de l'enfant. Mrs Parish m'a confié que ses parents sont tous deux décédés. »

La mamie de Lucinda était dans une chambre avec six autres patientes. Elle avait les yeux fermés et son visage livide paraissait curieusement minuscule. Elle respirait encore avec difficulté, mais elle semblait dormir paisiblement.

La fillette courut vers le lit.

« Mamie, ma mamie chérie, c'est moi, Lucinda ! »

Mrs Parish ouvrit les yeux et vit alors le visage de sa petite-fille. Elle essaya de se forcer à sourire. Le médecin avait pris congé et les deux messieurs purent s'entretenir tranquillement avec elle, au sujet de Lucinda. Beanstock l'informa que le médecin souhaitait savoir ce qu'il allait advenir de Lucinda.

« Que comptez-vous faire, Mrs Parish ? Si vous n'avez pas d'autre famille, qui pourrait s'occuper de Lucinda, tant que vous êtes malade ? Et votre voisine, Miss Petticoat ? Pourrait-elle s'en charger ? »

Lucinda écarquilla les yeux, qui ne tardèrent pas à s'emplir de larmes.

« Mamie, je t'en supplie ! Je ne veux pas aller chez Miss Petticoat ! Arthie et Brutus ne s'entendent pas du tout. Et puis, ça sent partout la naphtaline ! C'est terrible ! » Beanstock avait l'impression de se retrouver projeté dans le passé. Et tout à coup, l'odeur forte de naphtaline lui monta

223

au nez, qu'il plissa d'un air dégoûté.

« Il a même fallu que je mange une fois une soupe au vin rouge, avec au-dessus un drôle de truc blanc dégoûtant, qui bougeait pas. » Lucinda énumérait ses arguments, un à un. « Est-ce que je peux pas aller chez Mr Beanstock et Mr Gonzalès ? Je les aime beaucoup et je te promets que je serai très sage. »

Mrs Parish essaya de contenir sa toux. Les efforts, qu'elle faisait, étaient visibles sur son visage crispé.

« Ma chérie, Miss Petticoat ne peut pas te prendre pour longtemps. Le docteur a parlé de plusieurs semaines et ensuite un long séjour en maison de repos. Ce n'est pas possible. Et Mr Beanstock est pour nous un étranger, qui a beaucoup à faire et certainement pas le temps de s'occuper de toi. Il faut que tu sois obéissante et rester un certain temps en orphelinat. »

Gonzalès enfonça son coude dans les côtes du majordome.

En temps normal, Beanstock eût été scandalisé d'un tel comportement de la part de son chauffeur. Mais la situation était inhabituelle et compliquée. Il décida de fermer les yeux sur ce geste.

« En fait, » commença-t-il prudemment, « nous pourrions prendre l'enfant avec nous. Je pense que Sir Percival et Lady Fedora seraient tout à fait disposés à accueillir cette enfant un certain temps à Parsley Manor. Nous pourrions trouver un arrangement et trouver à Lucinda quelque tâche à effectuer, qui serait acceptable pour mes employeurs. »

Il s'éclaircit la voix et s'imagina Lucinda, occupée à polir l'argenterie. Son col de chemise lui parut soudain beaucoup trop serré et il glissa un doigt à l'intérieur, pour le desserrer un peu.

Des les larmes montèrent aux yeux de Mrs Parish. Elle prit la main de Lucinda et la serra tout contre son cœur.

« Vraiment ? Vous feriez cela, Mr Beanstock ? C'est une proposition extrêmement généreuse. »

« Nous devrions naturellement coucher cet arrangement sur papier ; ce qui nous autoriserait, avec votre permission, de nous occuper de cette enfant pour une durée précise. Vous connaissez Mr Black. Vous pouvez volontiers vous enquérir auprès de lui au sujet de mon intégrité. »

Beanstock sortit un mouchoir de sa poche et le pressa dans la main de Lucinda, qui avait recommencé à sangloter. Mrs Parish regarda sa petite-fille, avec un doux sourire.

« Oui ! Je suis on ne peut plus d'accord ! Ne t'inquiète pas, ma douce. Je serai bientôt remise sur pied et nous serons de nouveau réunies. Sois bien sage et reconnaissante que ces deux messieurs acceptent de s'occuper de toi et surtout je ne veux pas entendre que tu as fait des farces ou je ne sais quelles bêtises. Tu le promets à ta mamie ? »

Elle fut saisie d'une quinte de toux effroyable, tandis que sa poitrine se soulevait et s'affaissait dans un spasme de douleur. Lucinda serra sa mamie très fort dans ses bras et lui fit sa promesse. Une infirmière pénétra dans la chambre et déclara que la visite avait été suffisamment longue. Mrs Parish avait besoin de calme. Alors qu'ils étaient près de la porte, Mrs Parish ajouta :

« Laisse le chat chez Jimmy. Il le connait et il se sentira chez lui comme un coq en pâte. Tu ne peux pas le prendre avec toi, c'est compris ? »

Lucinda accepta d'un signe de la tête. Mrs Parish regarda les deux messieurs et ses lèvres formulèrent un « Merci ! » silencieux.

L'après-midi même Beanstock contacta l'avocat des baronnets, qui rédigea le document, lui confiant la garde de Lucinda Parish. Le juriste secoua plusieurs fois la tête d'un côté puis de l'autre, tout en scrutant Beanstock.

« Donc, si je comprends bien, mon cher Beanstock, les baronnets ne sont pas encore au courant de cette petite ruse. Je souhaite pour vous que vous n'aurez pas à chercher un nouvel emploi, au retour de Sir Percival. Bonne chance et un joyeux Noël. »

Le majordome s'en retourna à l'hôpital et Mrs Parish apposa sa signature au bas du document. Avant que Beanstock ne prît congé, elle le retint un court instant.

« Mr Beanstock, je ne vous remercierai jamais assez pour ce que vous faites là ! Je souhaite être rapidement sur pied. Nous nous écrirons régulièrement, n'est-ce pas ? »

Beanstock lui promit de lui écrire très bientôt et il prit congé d'elle.

De retour dans la Baker Street, Beanstock organisa leur départ. Jimmy se servit du passage secret et vint récupérer Jimmy. Il avait d'abord demandé l'autorisation à ses parents, qui avaient accepté. Lucinda dit au revoir à son camarade et fila dans sa chambre, préparer ses bagages.

Beanstock était dans sa chambre. Il contemplait par la fenêtre l'hiver londonien et se demandait comment il pourrait bien expliquer aux baronnets le fait qu'une personne supplémentaire vînt habiter à Parsley Manor, qui plus est une si jeune enfant, incapable de cuisiner, d'essuyer la poussière ou même de polir l'argenterie. Il entendit frapper à la porte et le visage de Gonzalès apparut peu après dans l'entrebâillement.

« Prêt, Señor ? La petite attend déjà dans le couloir,

avec une petite valise. Et si je peux me permettre, bien joué, Mr Beanstock ! »

Il saisit le bagage du majordome et descendit l'escalier très étroit.

Beanstock poussa un long soupir. Qu'est-ce qui avait bien pu lui passer par la tête, lorsqu'il s'était engagé de la sorte ? Ce n'était pas une promesse anodine ! Ce devait être un accès de folie passagère, à l'approche de Noël. Il s'assura une dernière fois, de n'avoir rien oublié et de laisser la chambre propre, puis il descendit à son tour. Gonzalès avait parlé à voix basse et lorsqu'il vit Beanstock, il s'empressa de raccrocher. Il posa son index devant ses lèvres, pour signifier à Lucinda de ne rien dévoiler de cet appel, qu'elle avait entendu. Elle acquiesça de la tête, vivement.

Une dernière fois, ils parcoururent la maison mince dans la Baker Street et s'assurèrent que le gaz était bien éteint. Pas de nourriture, qui pût moisir, ne traînait sur la table et les fenêtres étaient toutes fermées. Ils sortirent de la maison et remirent la clé à Miss Petticoat, qui leur promit de s'occuper des plantes.

Finalement, les trois voyageurs étaient assis dans la voiture. Sur la banquette arrière, les achats pour le personnel de Parsley Manor formaient des tas de paquets bariolés. Lucinda avança sa frimousse entre les deux sièges à l'avant et planta un baiser retentissant sur la joue de chacun des deux messieurs. Beanstock fut quelque peu désarçonné, Gonzalès éclata de son rire sonore et jovial. Il entama un joyeux chant de Noël en espagnol et démarra. La Bentley prit la route de la maison. Enfin !

C'était le matin de Noël et les routes étaient quasiment désertes. Tout le monde était affairé, d'aucuns cuisinaient, d'autres empaquetaient les cadeaux et d'autres encore se rendaient à l'église. Après l'effervescence des semaines passées et la frénésie des derniers jours, on goûtait enfin au calme.

La neige n'était plus aussi abondante. Les routes étaient dégagées et Gonzalès put circuler sans encombre dans les rues de Londres. Ils laissèrent bientôt Waterloo Bridge derrière eux et ils eurent besoin d'une bonne heure pour traverser Bromley. Pas moins de cent fois la fillette avait demandé quand ils allaient enfin arriver. Un doux silence s'installa dans la voiture, lorsqu'elle s'endormit sur la banquette arrière, son ours en peluche, raccommodé d'innombrables fois, pressé tout contre son corps. Beanstock la recouvrit de son manteau et laissa libre cours à ses pensées.

Quelle semaine !

Il n'était pas mécontent de goûter bientôt à la douce quiétude de Parsley Manor. Certes, il ignorait toujours comment il pourrait justifier la présence de la petite fille, auprès des autres habitants du manoir, de façon crédible. Ce serait une autre paire de manches, quand Sir Percival et Lady Fedora seraient de retour. Cette pensée le travaillait. En attendant le retour des Seigneuries, le mieux serait, peut-être de faire partager la chambre d'une des domestiques avec l'enfant. Les chambres étaient en nombre suffisant. Le majordome prit la résolution de chercher un logis dans le village, où l'enfant serait hébergée chez une vieille dame particulièrement consciencieuse. Mais où dénicher une telle personne ? Il n'avait pas de baguette magique !

Il restait encore la question de la scolarité à résoudre ! Où donc avait-il eu la tête ? Il avait foncé tête baissée, sans prendre le temps de réfléchir ! Un pli profond se dessina sur son front.

Gonzalès était lui aussi perdu dans ses réflexions. Si les deux messieurs avaient discuté, ils auraient alors constaté que leurs pensées cheminaient dans la même direction. Gonzalès redoutait aussi le retour des baronnets et les problèmes que pourrait occasionner la présence d'une petite inconnue. Toutefois, son tempérament méridional, insouciant prit rapidement le dessus. Il haussa intérieurement des épaules, pour penser à des choses plus réjouissantes, comme le gâteau de Noël de Mrs Porkpie ou encore la nouvelle femme de chambre, Lizzy. On ne pouvait rien changer au destin. Tout allait s'arranger pour le mieux. Il en était intimement convaincu.

Une petite heure après, ils étaient aux abords de Parsley Field. Ils longèrent River Shirty. Comme obéissant à un ordre céleste, de gros flocons de neige soyeux se mirent à tomber. Ils aperçurent le manoir et le valet, Harrison, debout devant la maison. Il sautillait d'un pied sur l'autre, en essayant vainement d'échapper au froid mordant. Quand il vit au loin la Bentley s'approcher, il disparut en toute hâte dans la maison.

Gonzalès gara le véhicule devant l'entrée et descendit. Beanstock se retourna vers la banquette arrière et réveilla doucement la petite fille.

« Viens, Luc ! Nous sommes arrivés. »

Lucinda se redressa et se frotta les yeux. Elle jeta alors un regard à sa nouvelle maison et resta bouche bée.

« C'est là que vous habitez, Mr Beanstock ? Mais, c'est un château. Oh ! C'est magnifique ! »

« Mon enfant, je travaille ici et oui, j'habite aussi ici. Mais Parsley Manor appartient à Lady Fedora et Sir

Percival, les Baronnets de Parsley. Ne l'oublie jamais. »

Le chauffeur avait extirpé les valises du fond du coffre et il déposait maintenant les paquets multicolores près de la porte d'entrée. C'est alors que la porte s'ouvrit à la volée et le personnel surgit au grand complet. Dans un joyeux brouhaha, tous souhaitaient en même temps la bienvenue au majordome et au chauffeur. Gonzalès eut même droit à une accolade affectueuse de Mrs Porkpie. Mrs Argyle fit quelques pas vers le majordome et lui tendit la main. Son visage souriant rayonnait de bonheur.

« Nous sommes si contents que vous ayez réussi à être de retour pour Noël ! Vous allez vraiment bien ? » Et là, Lucinda, jusque là cachée derrière les jambes de Beanstock, sortit et avança.

« Et qui est donc cette jeune dame ? Serait-ce un cadeau de Noël particulier ? »

« Si vous me le permettez, » expliqua Beanstock, « voici Miss Lucinda Parish, notre invitée. Elle sera des nôtres, pendant un certain temps. »

Mrs Porkpie se faufila parmi les autres et se posta tout devant. Elle prit la menotte de la fillette et déclara d'un ton pratique : « Alors, d'abord tu vas venir avec moi ! Et on va te chercher un petit coin tout chaud. Tu dois aussi avoir très faim, non ? Le repas sera bientôt servi et tu vas pouvoir te régaler de plein de bonnes choses. »

Chacun prit une valise ou quelques paquets et tous entrèrent dans le manoir. Gonzalès mit la Bentley dans le garage, il se frotta joyeusement les mains et suivit la petite troupe dans la maison.

Lucinda était dans le vestibule et contemplait, émerveillée, le sapin de Noël majestueux, dont les branches vertes, délicieusement parfumées, se hissaient jusqu'au haut plafond. Il diffusait une odeur de résine dans tout le hall. Il était habillé de boules rouges et dorées et scintillait à la douce lumière des bougies. Un bel ange aux ailes dorées était posé sur sa cime.

Junior sautillait de joie, tout autour des jambes de la fillette. Son regard de chien heureux semblait dire : « J'ai un nouveau camarade de jeux ! »

Mrs Porkpie traîna gentiment l'enfant vers l'espace domestique. Près de la cuisine, la table de la salle à manger avait été dressée ; elle était très joliment décorée. Mrs Porkpie et Phillis posèrent les assiettes, une à une, sur la table.

Une gigantesque dinde rôtie trônait au milieu de celle-ci. Tout autour, bols et autres saladiers débordaient de marrons grillés, de pommes de terre au beurre, de légumes variés. Un énorme pudding de Noël bien juteux, qui ne devait manquer sur aucune table anglaise à Noël, allait couronner ce festin.

Beanstock se rendit dans son bureau et y déposa son manteau. Mrs Argyle apparut peu après et il lui expliqua brièvement pourquoi il était accompagné de la fillette.

« On va bien trouver une solution, Mr Beanstock. Nous sommes tous très heureux de vous avoir de nouveau parmi nous, sain et sauf. Je suis persuadée que le baronnet comprendra parfaitement. Comme Gonzalès nous avait prévenus ce matin, j'ai été ravie de préparer une chambre pour l'enfant. Si vous n'y voyez aucun inconvénient, elle dormira dans la chambre de bonne du fond, juste à côté de la mienne. Ainsi, je pourrai l'avoir à l'œil. Et maintenant, venez ! Tout le monde vous attend. »

Quand ils entrèrent dans la salle à manger du personnel, ils virent Lucinda fourrer une énorme cuillère débordant de pudding de Noël tout au fond de la bouche. Beanstock s'apprêtait à lever son doigt menaçant, mais Mrs Porkpie l'arrêta d'un signe de la main.

« Laissez donc ! C'est si merveilleux d'avoir un enfant parmi nous, à Noël. Les enfants sont ce qu'il y a de mieux à Noël. Ce n'est que quand nous voyons leurs visages rayonner de bonheur devant chaque cadeau et devant chaque gourmandise, que nous autres, adultes, ressentons alors la magie de Noël dans nos cœurs. C'est l'essence même de cette fête, non ? Donner de la joie autour de soi. » Elle parcourut du regard les personnes attablées et tous approuvèrent d'un signe de tête.

Avec une grimace étonnée, Lucinda sortit de sa bouche une drôle de bague, un petit cercle de pacotille, orné d'une pierre rouge, semblable à une framboise. Elle la leva en l'air et questionna Beanstock du regard.

« Cela veut dire, mon enfant, que tu vas bientôt te marier. Tel est l'usage avec le pudding de Noël. »

Lucinda contempla la petite bague au creux de sa main, la lécha soigneusement et la passa autour de son majeur, puis elle regarda tour à tour chacun et chacune et s'exclama.

« C'est vraiment le pudding le plus formidable du monde entier ! »

Les éclats de rire joyeux des serviteurs de Parsley Manor résonnèrent dans le manoir et de la fenêtre ouverte, ils fusèrent très certainement jusqu'au jardin d'hiver, où avec délectation, Mortecai, le matou, se tourna une autre fois sur lui-même et continua sa petite sieste.